90歳、こんなに長生きするなんて。

曽野綾子

Ayako Sono

90歳、こんなに長生きするなんて。

曽野綾子
Ayako Sono

ポプラ社

前書き

聖書の中に「喜べ！」という記述があります。これは、人生に対する命令です。聖パウロは、「喜びを見つけること」が、私たちがほんものの幸福を手にすることのできる第一の鍵だと言います。

以前、皇后さまとその話題になった時、そうすることがどんなに難しいことでしょう、とおっしゃいました。私は驚くと同時に、非常にうれしかったのを覚えています。

どんな時も喜びなさい、と言われても、なかなか喜べるものではありません。しかしパウロは、自分の意志によって喜びなさいと言うのです。

たとえば、これまで自分が生きてこられたのはだれのおかげで、どういう幸運のもとにあるのかを考えてみる。不景気の中にあっても、砲弾が飛んでこない。テロの危険もない。電気と水道がきちんと供給されている。今晩、食べるものがある、と喜ぶ。これは、一つの才能だと言っていいかもしれません。

私はほかの才能にはほとんど自信がないけれど、喜びを見つけることだけはもしかするとかなりうまいのかなと思う時があります。

この自信はいささか面映《おもは》ゆいのですが、足が痛くても、「ああ、歩けてよかった」と思う。ともかく、かなり遠くまでも一人で行ける。飛行機も電車もあるし、どうしても辛かったらタクシーに乗ることもできます。そして、今日、自分はこれだけ自力で移動できた、ということがとてもうれしい。そういう気持ちでいないと、つまらない。

がんを患っても、前と変わりなく会話を楽しみ、にこやかな顔をしている人が私のまわりにはけっこういました。一方で、人に会っていて、時々、「この人は健康ではないのかもしれない」と思うことがあります。私自身も健康か不健康か、もろに顔に出ることがあるらしく、深く反省することが多いのですが、死病になっても、できる限り明るく振る舞いたい。たとえ心は不安でいっぱいであろうと、うなだれずに背筋を伸ばして歩き、見知らぬ人に会えば微笑する。うまくいくかどうか自信はありませんが、それが、私の晩年の美学なんです。

第1章 人生の爽やかな終章 19

第2章　悠々と生きる　

第3章 「ひとり」を愉しむ 113

第4章 心の澱《おり》を捨てる

第5章 すべては永遠の流れに 199

装丁　bookwall
撮影　永峰拓也

第1章

人生の爽やかな終章

人生の最後を前にすると必要と信じてきた九十パーセントのものが不要になる

私はカトリックの学校に育ったおかげで、まだ幼稚園の時から、毎日「臨終の時」のために祈る癖をつけられた。もちろん当時の私が死をまともに理解していたとは思われない。しかしいつか人間には終わりがある、ということを、私は感じていたのであった。そういう習慣をつけてもらったということは、この上ないぜいたくであったと思う。

死の概念がなかったら、人間は今よりはるかに崇高でなくなるだろう。もし人間が永遠に死ねないものであったなら、人間の悲劇は、これ以上ないまでに大きなものになるし、その弊害はかつて地上になかったほどの地獄のような様相を呈するだろう。その時、生きるすべてのものは精神異常になっているに違いない。

死があってこそ、初めて、我々人間は選択ということの責任を知る。自分がどんな生涯を送るか、自分で決める他はないことを知る。もちろん国家や社会形態によっては、自分の生涯の在り方を自分で決定するなどということはとてもできない場合もある。思想の自由がない国では、人間は妥協して生きる他はない。信仰、旅行、教育を受ける機会の自由がなく、子供を何人持つかまで国家によって管理されているような恐ろしい国で、自分の選択によって人生を作れなどということは、それだけで残酷なことだ。

しかし少なくとも、現在の日本では、私たちは自分の生涯のデザインをかなり自由に自分で描ける。

死を前にした時だけ、私たちは、此の世で、何がほんとうに必要かを知る。私たちは日常、さまざまなものを際限なくほしがっているが、もし明日の朝には世界中の人類が死滅する、ということになった時には、誰もがいっせいに、今まで必要と信じきっていたものの九十パーセントが、もはや不必要になることを知るのである。お金、地位、名誉、そしてあらゆる品物。すべて人間の最後の日には、何の意味も持たなくなる。

最後の日にもあった方がいいのは「最後の晩餐」用の食べ慣れた慎ましい食事

と、心を優しく感謝に満ちたものにしてくれるのに効果があると思われる、好きなお酒とかコーヒー、或いは花や音楽くらいなものだろう。それ以外の存在はすべていらなくなる。

その最後の瞬間に私たちの誰もにとって必要なものは、愛だけなのである。愛されたという記憶と愛したという実感の両方が必要だ。

一日一日、心の帳尻合わせをする

明日、自分の身に何が起こるかわかりません。今日は歩けて、おしゃべりができて、ご飯が食べられたけれど、明日は口が利けなくなるかもしれないし、目が見えなくなるかもしれない。明日の保証はない、と覚悟する。これは老年の身だしなみなんです。

常に過去にあった、いいこと、楽しかったことをよく記憶しておいて、いつもその実感とともに生きればいい。これだけ、おもしろい人生を送ったのだから、もういつ死んでもいい、ということです。そして、まともな祈りができない時には、「今日まで、ありがとうございました」と、たった一言、神への感謝だけはすることにしています。

そうやって、一日一日、心の帳尻を合わせておくと、いつどういう変化に襲われても、やんわり受け入れられそうな気がします。

計算や配慮を超えた「運命」を生きて死ぬ

年をとるに従って、私は次第に、人間の計算や配慮を超えた運命のなりゆきを、おもしろく思うようになった。人間は誰でも未来を計算する。そしてそういう配慮があるから、自分は生き抜いてきたのだ、それが人間の知恵だと考える。

しかしほんとうに人間を救ってきたのは、人間の小賢しい配慮を超えた、何か別の予定調和であるような気がする。それを神の業と考える人もいるし、「偶然だ、おれは運がよかったんだ」と言う人もいるわけだ。

高齢の私は間もなく人生を終えるわけだが、その最後の瞬間に、これらのことが明瞭に見えないか、と期待する面がなくもない。

人間として生まれたかった魂は他にも数限りなくあって、「私」はその中の途方もなく幸運な一人だった、という説を読んだことがあるが、そうした現世に生きているうちにはわからなかったからくりが、生死の境目に一瞬にせよ見えたら、それはまた途方もないドラマに立ち会えることになるだろう。私は現世の一部を味わって生きた。しかし真実の意味は、少しもわかっていなかったとも思えるのである。

老年は日溜まりの中の静寂にいるような感じで暮らしたい

願わくは、人生は静かな方がいい。

ことに老年は日溜まりの中の静寂にいるような感じで暮らすのは最も仕合わせなのだから――

これは私の趣味だろうが――

少々の財産はあるが、複雑な人間関係はない状態が最も望ましいのだ。今気楽に「少々の財産」と書いたのだが、財産は少々でなければならない。大量の財産があると、それを狙って来る人たちの争いに巻き込まれる。古来あらゆる文学がそのことを示している。しかし少々という状態を保つのが又むずかしい。人生はどちらかに傾きたがる。

あと数年なら人生に寛大になれる

「それは便利なことだ。数年なら我慢できる、ということは人生に多い」

その時、私は人生で大きな発見をしていたのだ。あと数年、と思えば、大抵のことは我慢できる、ということだった。

「ですから私が残りの数年、人生には寛大になったとしても、決して信用しないで下さい。『あと数年、世間と人をごまかせればいいいんだから』と、思って生きているに過ぎないんですから」

「人生で会ってお世話になった人たち」に感謝を伝える

昔『舞踏会の手帖』というモノクロの映画があった。うろ覚えの部分もあるが、社交界にデビューした初めての晩にワルツを踊ってくれた数人の青年を、何十年か後に訪ねて歩く女性の物語である。

私の捜し人の相手は、初めてダンスを踊ってくれた人ではない。『人生で会ってお世話になった人たち』を捜すものだ。一言お礼を言うためなのである。したがってそれは恋の行く先を確かめるものではないが、それよりもしかするともっと重い人間的な意味を持つものかもしれない。

私は一人っ子だったから、幼い時から、両親の人生の危機のすべての場合の立会人だった。子供には心配をかけない、という親にはその後もよく会ったが、私の母は善悪は別として、一切の重荷を私にも負わせた。しかしその都度、私の周囲には私を助けてくれる人もいた。そのおかげで、私は苦労人ならぬ苦労子供にはなったし、独立心もできたし、小説も書けた。何より、幼い時からユーモアと悲哀を充分に理解できた。

私なりの『舞踏会の手帖』を実現しようにも、そろそろこちらの体力も時間も限度に来ている。思いを果たせずに終わりを迎えることもあるだろう。しかし一言、「あの時はありがとうございました」と感謝を伝える時間があれば、私の一生も少しは跡を濁さずに済むかもしれない。

この年になると、死後の世界はもう孤独ではない

かつては、私の死ぬ時、私は誰もいない未知の土地に歩み入る自分を想像した。私は風だけが吹いている、無人の岸辺に立っているようなものだった。しかしこの年になると、死後の世界はもう孤独ではない。あの人もこの人も、既に向こうの世界に着いている。やあやあ、お久しぶり。あなたは今日お着きでしたか、と

いう感じだ。だから来世は無人の岸辺ではなく、私にとって実に賑やかな風景に変わっている。

それほどはっきり思うわけではないが、私は少しその心境に近づいている。私は自分を凡庸な人間の運命の流れの中に置くのが好きだった。だから私はいつも考える。人にできたことなら、多分自分にもできる。人が死ねたなら、多分自分も死ねる。生きている人はすべて死んだのだ。この地球が発生して以来、四十六億年の間に、生まれた人の数だけ、死も存在したのだ。

自分の追悼文を書いておく

この間、ある編集者の方がね、「曽野さん、死んだら知らせてくださいい」って言うので「ええっ」と言ったら、「僕、手伝いに来ますから」ですって。いい方ですね、雑用をしてくださるというんです。だから早速、秘書に、「あの方は、雑用をしに来てくださるとおっしゃるから、死んだらお知らせして」と。

うれしいわね、皆ニコニコして集まってくるんでしょうね。「今日から風通しがよくなったな」と顔に書いてあるのよ。

私は追悼の式もやりませんし、普通の葬式をやって終わり。「早く終わりにしちゃいなさい」と伝えてあります。

私は自分の死を「たいしたものだ」と思うことが嫌なんです。ただ、死んだ後にゴミ箱に捨てるわけにもいかない。だから、近所の教会で、簡単にやってもらえたらいい。

還るところを思い描く

すなわち、この世に起こり得るすべての善も悪も、何らかの意味を持つと思えることが許容であり、自分の身に起こったさまざまのことを丹念に意味づけしようとするのが納得である。宗教的に言えば、それは神の意志を、自分の上に起こるすべてのことに見ようとする努力である。望んでも与えられなかったことが、どの人間の生涯にもあり、その時執着せずにそっと立ち去ることができれば、むしろ人間はふくよかになり得ると思えることが断念である。そして回帰は、死後どこへ還るかを考えることである。無でもいいが還るところを考えないで出発することはおろかしい。

人生の最後の時に、必要なのは、納得と断念

人生の最後の時に、必要なのは、納得と断念だと私は思っている。

納得するには、日々、人生の帳尻を締めて、毎日「今日が最後の日でも、まあまあ悪くはなかった」と思う癖をつけることである。それに私は小さなことでも楽しむことが上手だった。中でも自分の才能だと思っているのは、人の美点をユーモラスに見つけだせることであった。だから、私の生涯には、おもしろくていいことがいっぱいあった。

もしも死んでみた後で、あの世がなくても、私は少しもがっかりしない。なぜ

なら、私はもうこの世で、神の雛形《ひながた》としか思えない人たちにも会ったし、心を躍らせるような凄まじい自然にも出会った。

私はいつ死んでもいいように準備し続けている最中である。

それと同時に断念もいる。これも、若い時からの訓練が必要だ。努力してはみるが、諦めなければならないことがある、ということに自分を馴らすことである。というか「人生は、いかなる社会形態になろうと、原形としてろくでもない所なのだから、ほとんどの希望は叶わないで当たり前なのだ」と肝に銘じることである。そう思ってみると、運命は私に優しすぎるほど優しかったのである。

他人にあなたはそろそろですよ、と言われることもない

ただ自分の死と家族の死に対しては、私たちは自分独自の好みを織り込んだメニューを作っておいて当然だ。そのようなメニューに基づいた死のデザインに対しては、社会が理解を示す空気も必要だ。

母の死後、老人の点滴ほど、避けねばならないものはない、と或る内科医から教わった。むりやりに高いカロリーの注射をすると、体の細胞が水膨れのようになって、息をするのも苦しくなるという。それに管に頼ると、ますます食欲がなくなる。

知人の舅《しゅうと》は、もし医者の言う通りにしていたら、反対に死んでいたかもしれない。まだ食べられて、まだ食べたい老人まで、安全を理由に管人間にするという危険思想も一方にはあるのである。

年貢の納めどき、という言葉が私は好きだ。人にももののにも、すべて限度がある。しかしそれは、自分で決定すべきで、それが自由人の選択である。他人にあなたはそろそろですよ、と言われることもない。しかしいつまでもしがみついていることもない。

周りに気持ちを贈る

人間は途方もない大金を手にするとほとんど必ず不幸になるか適切に使い切れないかどちらかだが、小金をもらうと多くの人が他愛なく幸福になる。だから年を取ったら、身近な人に少し「小遣い」をやるといいのである。

「してくれない指数」を上げないように

クラス会に集まると、シワや白髪が少ないとか、肌の張りがいいとか言っては、お互いに実年齢より若く見えることを褒《ほ》め合っています。

私は医者ではありませんから、背中の曲がり度指数や肌のたるみ指数などはよくわかりませんが、私が老化度をはかる目安としているのが、「してくれない指数」です。

世間には、友達が「してくれない」、配偶者が「してくれない」、娘や息子や兄弟や従兄弟が「してくれない」と始終口にしている人がいます。

「今度行く時、私も連れていってくれない？」

「○○さんに伝えておいてくれない？」

「ついでに買ってきてくれない？」

と、絶えず他人を当てにしている人もいます。

私は密かに「くれない族」と呼んでいるのですが、どんなに若い人でも、「くれない」と言いだした時が、その人の老化の始まりです。自分の老化がどれだけ進行しているかは、どれだけの頻度で「くれない」という言葉を発するかを調べてみるといいですね。

シワや白髪、入れ歯ではかるより、むしろこちらのほうが老化度は、はっきり出ます。

「何をしてもらうか」ではなく「何ができるか」

私は生きることは働くことだと思っていますが、老齢になって大事なのは、市井でどのような働きができるかではないでしょうか。

昔、私の住んでいる町に、和服の上に黒い絹のちゃんちゃんこを着て、正ちゃん帽というニット帽をかぶり、門の前を掃いているおじいさんがいらっしゃいました。その頃、私はジョギングをしていて、通りかかるたびに、この家の人なのだろうなと思っていたのですが、自分の家の前だけでなく、隣の家の前も掃いている。夫に「うちの隣にも、ああいうおじいさんがいたらいいわねえ」などと図々しいことを話していたものです。

そのおじいさんのことを夫が何かに書いたらしく、後日、その息子さんから、父は何カ月も前に亡くなりました、という手紙が来ました。いつも、向こう三軒両隣まで掃いていたそうで、それが父の喜びだった、と。

たぶん、右隣の家にはまだ手のかかる幼い子供がいて、左の隣家のおばあさんは腰が悪いと知っている。じゃあ、自分は時間と健康を与えていただいたのだから両隣は掃いておこう、と思われたのではないかしら。

過去にどんなことをなさっていたのかは知りません。おそらく、何かしら大きな仕事をした方だったのでしょう。でも晩年は、世の中の、いわば通りのいい称賛とか地位とかはもう一切関係なく、ただ人間としてやるべきことをしていらした。「何をしてもらうか」ではなく、「何ができるか」を考えて、その任務をただ遂行する。それが「老人」というものの高貴な魂だと思います。

冠婚葬祭から引退する

収入が少なくなれば、支出を減らすのが当然です。しかし、食費はあまり削ると、健康によくありません。冠婚葬祭くらいから切るのがいちばんいいように思います。

結婚式やお葬式というものは、出席することが楽しみな人と、そうでない人とがはっきり分かれるものです。人中に出るのが好きではない私は後者です。結婚式は疲れてしょうがないし、お葬式に出るとなんとなく悲しいし、寒い日などは風邪を引く。ロクなことがありません。

以前、ある大きな会社の社長と会長をやった人のお別れ会が都内の大きなホテルであって、友人が参列したそうです。私は「この寒いのに、七十代のおばあさんが行く必要はないわよ」と言ったのですが、故人の奥さんに「ちょっとでもお顔をお出しください」と言われたらしいです。それで出かけたら、「黒い服を着た人が大勢いて、知った人は一人もいなかった」そうです。

当たり前です。そんなところへ行っても疲れるだけで、風邪を引いて、タクシー代もかかる。なのに、平気で年寄りに「ちょっとでもお顔をお出しください」などというのは、残酷な気がしました。

お葬式の客が多いとか、偉い人が参列したとか、有名人から花をもらったとか、そういうことに情熱を傾ける人がいます。その人の好みの問題ですから、いいとか悪いとか言うことはできません。

しかし、遠慮というものを思い出さなければいけません。遠慮というのは、相手の立場に立つことです。私の知り合いは、身内のお葬式があっても、「来ないで」と言う人ばかりです。

高齢者が多くなってくると、友だちや知人のお葬式が多くなります。葬式ばかりではありません。昔は孫の結婚式などというものに出られる老人はめったにいませんでしたが、今はいくらでもいます。

結婚式であろうと葬式であろうと、もちろん、好きなら行けばいい。賑やかで人に会うことが好きな人や、お酒が飲めるということになると、俄然《がぜん》張り切る人もいますから。故人の話をしながら一杯飲んでこようという元気があったら、レクリエーションとして使うのもいいと思います。

昔は、貧乏で毎日晩酌することなど望めない人はいくらでもいましたから、葬式や結婚式は、へべれけに酔ってもいいという得難い機会でした。もっと昔は普段まともにご飯を食べられない人もたくさんいましたから、お腹いっぱいに食べられる機会は、貴重だったんです。

自分の死によって、あまり関係のない人にもごく自然な形で幸せを与えられるといった機会は、そうそうありません。世界には、知らない人の結婚式に、通りがかりの人が立ち寄って祝福を与え、ごちそうになって当然という国もあります。それも幸せを分配する一つのやり方なのかと思います。

しかし、高齢者を労《いたわ》るなら、来なくてもいい、というふうにして、好きなほうをとらせていただきたい。とくに七十五歳以上の後期高齢者は、もう人生の持ち時間も長くないのだし、健康に問題が生じても当然の年齢だから、浮き世の義理で何かをすることからは、一切解放するという社会的合意を作ったらどうでしょう。少なくとも、冠婚葬祭からは引退することを世間の常識にしてほしいですね。

私なんか、かなり前から義理を欠いています。大切なのは生きている間だと思っていますから、お葬式は時々失礼します。生きているうちなら見舞いに行くのも大切なことかもしれない。でも亡くなった後は、魂はどこにでも遍在するのですから、何もお葬式の場に行かなくても家で祈ればいいことです。

老いと死に馴れ親しむ

私は、生きながら人間を失っていく人もたくさん見てきました。大儀で口を利かなくなる、耳がよく聞こえなくなる、反応が鈍くなる。そうやって、老いと共に、長い時間をかけて部分的に死んでいきます。この部分死が存在することを承認しなくてはならないし、それが本番の死を受け入れる準備になるのでしょう。

耳が遠くなれば、補聴器を付けたりして少しは改善することができます。しかし、もし私が歩けなくなったら、どこへも行けなくなるという意味で、足から死んでいくことになるのでしょう。餌を取れませんから、動物だったらもう死ぬ運命です。

昔、ある物理学者が、私が失明するかもしれない眼病になった時に、こうおっしゃいました。「目が見えなくなったら、死ぬべき運命なんですよ。なぜなら動物としては、餌を取れなくなれば死ぬよりしょうがないから」と。私は、そういう率直で科学的なものの言い方をする人が好きで、ああ、なるほど、と感心したものです。

でもそれから間もなく、私は、その先生が総入れ歯だという非常にうれしい発見をしてね、逆襲したんです。「歯がなくなったら、動物としては死ぬ運命ですよ。餌を取ってきても食べられませんから」と。お互いに、「動物じゃなくてよかったね」というのが結論です。動物としての運命をそこで承認し、納得しつつ笑えばいい。

死は願わしいことではありませんが、必ずやってきます。願わしくないことを超えるには、それから目を逸らしていては解決できません。死は確固としてその人の未来ですから、死を考えるということは前向きな姿勢なのです。

走れなくなったり、噛めなくなったりすることも、死ぬべき運命に向かっているのだということを、ちゃんと自覚したほうがいい。自分がそうなる前から、そうなった時のことを考えるのが、人間と動物を分ける根本的な能力の差であることを思えば、私はやはり前々から、老いにも死にも、馴れ親しむほうがいいように思います。

私はカトリックの学校で育ったので、幼稚園の頃から、毎日、自分の臨終の時のために祈る癖をつけられ、「灰の水曜日」と呼ばれる祝日には司祭の手で額に灰を塗られて、塵に還る人間の生涯を考えるように言われました。もちろん、当時の私が死をまともに理解していたとは思われません。しかし、いつか人間には終わりがある、ということを、私は感じていました。

シスターたちが、「この生涯はほんの短い旅にすぎません」と言うのも度々聞いたことがあります。百年生きたとしても、地球が始まってからのことを思えば、大したことがない、と。そういう教育を受けたことは、この上ない贅沢だったと思っています。

死を認識すれば、死ぬまでにやりたいことが見えてきます。死ぬ前に甘い大福をお腹いっぱい食べたい、という人がいるかもしれません。それでもいいのですが、とにかく死ぬまでにやりたいと思うことを明瞭に見つけて、そちらの方向へ歩いて行く。そして、ある日、時間切れで死んでしまう。だれでも最後はだいたいそういうものです。しかし、いいこと、おもしろいこと、凄いことをやる人は皆、心のどこかに確実に死の観念を持ち続けていたような気がします。

引き算の不幸から足し算の幸福へ

自分が持っているくだらないものを評価できるのは、それも平凡で日常的なものですけれど、一種の芸術だと思います。これが私の足し算の原理です。出発点を低いところにおけば、すべてがそれより幸運なわけですから、どんどん足し算ができるのです。

生まれてきた時は、皆ゼロです。それを考えたら、わずかなものでもあればありがたいと思う。ああ、こんなこともしていただいた、あんなこともしていただいたという足し算で考えれば不満の持ちようがありません。

でも、あって当然、もらって当然と思っていると、わずかでも手に入らなければマイナスに感じて、不服や不満を言い始める。これを引き算の不幸と言います。

今の日本は皆の意識が「引き算型」になっている気がします。豊かさであれ、安全であれ、すべて世の中が与えてくれるのが当たり前、と百点満点を基準にして望むから、不満ばかりが募って、どんどん不幸になっていくわけです。

老人にも大きく分けて二つの生き方がある、と私はよく思います。得られなかったものや失ったものだけを数えて落ち込んでいる人と、幸いにももらったものを大切に数え上げている人がいます。さまざまなものを失っていく晩年こそ、自分の得ているもので幸福を創り出す才覚が必要だと思います。

もう長くはないから、体の多少の不都合は放っておく

実は私自身の脚の痛さがよくなっていない。とにかく数歩歩いても痛いのだから、少し辛いのである。それで原因がわからないと、根本的な治療もできないというので、生まれて初めて私は朱門の入院中にＭＲＩなるものを撮りに行った。変なお茶筒のような所に入れられて閉所恐怖症になるなどと言われていたが、別

にそんなこともなかった。結果は脊柱管狭窄症《せきちゅうかんきょうさくしょう》だという。この病気の持ち主は私の長年付き合って来た人の中にも数人いる。重い道具を担いで歩いていた仲のいいカメラマンも同じ病気だ。長年生きて来て、六十三年も書き続けていれば、背骨くらい少しは変形するだろう、と私は思い、これは深く弄《いじ》らない方がいい、姑息な手段でやり過ごそう、どうせあと数年しか生きないのだから、と迷うことはなかった。歩くのが痛いだけで、私は年の割りに、他の不便がない。

うっかり手術などをすると、脚のしびれや頻尿になる人などがいると聞いて、私は怖じけづいた。私が気楽にアフリカなどに行けるのも、こういう健康上の不自由がないからなのである。だからこのまま生きたい、と思っている。

今生きているのは運命が「生きなさい」と命じているから

八十代の半ばを過ぎると、生き方の軸の取り方がわからなくなってくる。同級生はまだほとんどが元気で、自分のことくらい自分でやれるし、部屋の模様替えをするのさえ趣味で、前回訪れた時と箪笥《たんす》の位置まで変わっている友人もいる。部屋の使い勝手が悪いと感じたので、ある日一人で動かしたのだそうだ。

私の場合はどうかというと、今置いてある家具の配置が少し不便でも、それで死ぬまでガマンすればいいや、という心境になっている。これはこれで怠け者として、ささやかな人生の生き方が決まったようなものだ。

正直なところ、長生きした方がいいのか、適当な時に人生を切り上げた方がいいのか、わからない。後者の方が明らかにいいとは思っているのだが、生命だけは自分でその長短を操作してはならない。後に残される家族が、平穏な気分で、その死を見送れないからである。

高齢者が、長生きすることは、確かに問題だ。悪いとは言わないが問題も出てくる。他人の重荷にもなるが、当人が苦しむ部分も出てくる。

家事ができなくなると女性は生きる甲斐のない人生だと思う。男性も職場を失うと自分の存在価値に疑いを持つ人もいる。

本当は生きているだけで、人間の存在の意味はあるのだが、ただ食べて排泄して眠っているだけでは人間ではない、という主観にとらわれている人もいる。

しかしこんなことは考えなくていいのだ。生き続けているということは、その人に運命が「生きなさい」と命じていることだから。だから表面だけでも明るく日々を送って、感謝で人を喜ばせ、草一本でも抜くことや、お茶碗一個洗うことで皆の役に立つ生活を考えればいい。

人間の一生は「永遠の前の一瞬」

その人にとって理不尽でない死なんてないかもしれませんね。私は今日死んでも「理尽」だけど。私には子供の頃から聞いていた、人間の一生は「永遠の前の一瞬」という言葉が、いつも胸にあるんですよ。よくても悪くてもたいしたことはない、よくても喜ぶな、悪くても深く悲しむな、生きていても有頂天になるな、自分の一生は失敗だと思うな、「永遠の前の一瞬」なんだから、と。

寝る前の「3秒の感謝」

私は50歳になった時から、寝る前に「3秒の感謝」というものをするようになりました。「今日までありがとうございました」と言うんです。もしもその夜中に死んだとしても、けじめをつけたことになるでしょう。死ぬということは、いい制度だと思いますよ。

ゆったりとした別離の光景

テレビでは、恐ろしい内容のものもあった。「象とライオン」という番組である。

以前は、水辺で水を飲む象たちは、子象を庇う姿勢はあっても、付近にいるライオンに襲われることはなかった。しかし最近のライオンは集団で象を襲うようになった。まるで蚤がたかるように弱った象に数匹が馬乗りになり、嚙みついて、やがて出血がひどくなって倒れるように仕向ける。それでもまだ象は長い時間生きている。すると象仲間の一匹が近づいてきて、しみじみと息を引き取る間際の友に別れを告げるのである。そのゆったりとした別離の光景は、決して演出できないものだ。

象という動物は、信じがたいほど、人間に近い感情を持っているのではないだろうか。象の墓場は秘密の場所ではなく、遺体は白骨化して眼に触れるところにあったが、その野ざらしになった仲間の白骨の一本をわざわざ鼻で拾って持って行く象もいた。確かに意識して仲間の骨を拾って行くという感じだった。これもやらせということはないだろう。

私は翌朝まで胸を打たれていた。

あらゆることに、最後がある

しかし体力的には、ひどく衰えたのを感じる。三月二十三日、他の知人たちと、東京外環道路の東名ジャンクションの見学をしている時に、階段を昇り降りしていたら視界が暗くなってきた。多分低血圧のせいだと思う。地表に上った途端、あたりの視界が乱れた。立っていられなくなってしゃがみ込みながら、「これで私は取材で現場に行くのは止めにしよう」と思っていた。

人間はあらゆることに、最後があるのだ。だから最終回を大切に決めて迎えねばならない。

死ぬことも大事な仕事

松を切った後の明るさは、どこか心の中で、私に苦みを残していた。松を無計画に植え、育てた私が悪いのだ。切らねばならないようなら、松を最初から植えなければよかったのだ、と心が責められたのである。

たった一つ苦みが救われるのは、松を切ったことで、私が一つ学んだことをはっきりと心に自覚した時だった。それはすべての人は、後世の人たちのために、適当な時に死んでやらねばならないことを認識するということである。

古いものが繁茂しすぎ、残りすぎたらどうなるのだ、と私は恐ろしく思う。それはものでも人でも同じだ。もちろん或る時期までの風避けは必要だ。しかし風通しも同時に大切なのである。

広くなった庭を歩きながら、私はこれを一つの教訓にしようと思った。教訓などという言葉は極めて私らしくないのだが。そうすれば切られた松の霊も恨まないだろう、とふと感傷的になったのだ。

死は新しい生につながる

死ぬということは、いいことなんです。畑仕事をしていると、それがよくわかります。間引きによって生命を失った個体のおかげで、残った葉っぱがすくすくと育つ。死は新しい生につながっていく。新しいものを生み出すことでもあるんです。

生の変化に備えるための死

森や並木道の木の葉が一斉に落ちるのは、死の操作ではない。それは生の変化に備えるためである。それが納得できれば、自分の死も、他者の生のために場を譲ることだと自覚できる。そしてその死を積極的に迎えようとする計画もできるはずなのである。

死ぬ日まで成熟していくために

夫婦のルールは、あるようでいてないのですが、ただ、どちらも人間として死ぬ日まで成熟してきたと言える実績はあった方が、死ぬ時に豊かな気持ちになれるでしょう。

ただわかっているのは、ある日、着実に死がやって来るということだけ

考えてみれば、この世のすべてのことは生煮えであるが故に苛酷なのであった。私は近年、芝居というものを、心理的に受けつけなくなった自分を思い出していた。芝居を見ると、私は多くの場合、虚しさに耐えられなくなった。私のまわりを取りまく日常は、決してそんなに芝居がかっていなかった。それらは、のっぺりしており、じわじわと、なしくずしのやり切れなさを持っていた。芝居のよう

に明瞭であれば、勿論、耐えられぬ人も出て来るかもしれないが、まだしも一過性の激しさをやり過ごせば後味がいいという言い方もできた。しかし、私たちの受けとめている現実は、頭も尻尾もない。初めも終わりもない。成功も不成功もない。ただわかっているのは、ある日、着実に死がやって来るということだけである。

瞬間ごとの光景が今までにないほど輝いて見える

大人になるにつれ、メガネをかけても充分な視力が出ないので、私は対人関係に関して恐ろしく小心になった。誰と会っても、相手の顔を覚えられないから、人中に出るのは恐怖の時間だった。それが四十九歳と十一カ月の時に受けた眼の手術によって、私は突然いい視力を得て、メガネなしで暮らせる人間になったのである。

もちろんこれは劇的な幸運であった。私の周囲の世界は一変して明るく新鮮になった。私はその変化に有頂天になってもいいはずだったのに、私の心はあまりの環境の激変について行けず、一時は食欲を失い、軽い鬱病になった。

すべてのものがあまりにも鮮明に見えるので、私にとって外界の刺激は強くなり過ぎ、心理的に疲れてしまったのだろう。私がようやく平静な心理を取り戻し、後半生に贈られた贅沢として、形も色彩も鮮明に色濃くなった世界を充分に味わうようにしよう、と思った時、不思議なことに私に最も強く迫ったのは死の概念であった。つまりこの世が、死の前に与えられた貴重な時間だと自覚したからこそ、瞬間ごとの光景が今までにないほど重い意味を持ちながら、輝いて見えるようになったのである。

死の前には一切のごまかしや配慮が不必要になり、無縁になる

人づきあいでも、経済的な行為においても、法廷でも、税務署でも、私たちは多分、自動的に、場面を自分に都合よく展開するために心を砕いている。しかし

死の前には、そうした一切のごまかしや配慮が全く不必要になり、無縁になるのを体で感じるのだ。実態は実態だ。それ以上でもそれ以下でもない。しかも現世には、あらゆることがあり得る。何が起きても少しも不思議ではない。

手仕舞う準備を少しずつする

最近、時間を見つけては、写真の整理をしています。残された者は始末するのが面倒臭くてたまらないでしょう。もうすでにかなりの量を焼きましたが、自分の写真を残すとしたら五十枚だけにしようと思っています。これは、全く個人的なつまらない目的ですが、高齢者にとっては重要な仕事だと思います。

私たち夫婦は、これまでの肉筆原稿もすべて焼いてしまいました。文学館とか自分の胸像を建てたがる人がいますが、私にはなぜ、そんなに世間に覚えていてもらいたいのか全然わからない。どんなに無理をしても、死者は忘れられるものですからね。

句碑、歌碑、文学碑は、景色の邪魔になります。文学館は、後で必ずと言っていいくらい赤字経営になり、地元に苦労をかけます。夫も私も、そういうことにいささかも興味がありません。

私は、死んだ後のことは何一つ望まない。自分の葬式も必要ないと思っているくらいです。肉体が消えてなくなったのを機に、ぱたりと一切の存在がなくなるようにしてほしい。何もかもきれいに跡形もなく消えるのが、死者のこの世に対する最高の折り目正しさだと思っているからです。

一日に必ず一個、何かものを捨てれば、一年でおよそ三百六十個の不要なものが片づく

私も若い時は、結構書斎や台所を、乱雑にしておいたものだった。しかし年を取るに従って乱雑さは、体に応えるようになった。本の上に本が載っかっていると、その下にある目指す本が心理的にも取り出しにくくなる。雑物の間を歩けば、ものに躓《つまず》いて転びそうになる。その結果、狭い居住空間を広くするためにも、も

のは少なくしなければならないということがわかって来る。つまり生活は単純でなければならないのだが、そのためには捨てる、並べる、分類する、というような作業が要るのである。

ごく最近、或る日私は、古今東西の哲学者も、これほどすばらしいことは考えつかなかったろうと思われるような偉大な智恵を思いついたのだ。それは一日に必ず一個、何かものを捨てれば、一年でおよそ三百六十個の不要なものが片づく、ということだった。これを思いついた私は天才ではないか！　と思ったのだが、まだ誰もホメてくれた人はいない。

しかし私は、毎日ではないにしても時々このことを思い出して実行している。一個でもものを捨てて生活を簡素化すれば、それだけ効果は出るはずだ。これを死ぬまで、一年でも十年でも続ければ、それだけ私の死後、遺品の始末をする人は楽になる。

ものが増えるのは生きている証拠だが、あまり増やさない節度も必要

自分を含めて、さまざまな人生を見ていると、幸運にも順調な人生を送った人は、誰もが似たようなものの増やし方をする。私の時代には三、四十代で着物を着るようになる。二十代より少し太ると、和服の方が欠点を隠せるような気がするのだ。

私は着物道楽はあまりしなかったが、同じ頃、食器に凝るようになった。骨董ではなくて、古道具の類なのだが、明治、大正、昭和の初期のものでも、現代の陶器にはない魅力がある。それで少しずつそういうものを買い集めた。そして毎日、それを使って食事をした。ぶり大根でも、里芋の煮っ転がしでも、少し古い陶器に盛って食卓に出すと楽しさが違った。

世間で、一応幸運であり、勤勉でお金の使い道を誤らなかったと言われる人たちは、六十代でセカンド・ホームに手を出す。海辺か山のどちらかだ。

私は若い時から、東南アジアのあの暑さに惹かれていた。だから例にもれず六十歳の頃、シンガポールにしては珍しい木立の中にある古いマンションを買って、約二十年間よく使った。そのマンションを売ったのは、私がそのマンションを充分に使い切る体力を失った八十代の初めである。

七十代から八十代あたりに、人生の山が来る。登り切って息が続かなくなる。そこで人は山を下りる算段をする。私もその典型だった。

ただありがたいことに、別荘を買うという人並みの道楽のおかげで、私はシンガポールでアジア人の混成した暮らしを体験したし、少し英語の本も読んだ。いい勉強であった。

思い出はいいことずくめだが、私はそのマンションを人手に渡すことになった時、一度も惜しいとは思わなかった。私はもう充分、その家から与えてもらったのだ。

旅に出ると、人はどうしても途中で荷物を増やす。おみやげ屋に寄ったり、寒いからと言ってセーターを買ったりする。人生の旅でも同じようなことをする。

それも仕方がない。それが生きることなのだから。しかし、あまり増やし過ぎない方がいい。

余生を、ものの「始末」に当てることにした

私は電気製品をはじめとする「もの」がありがたくてたまらないと思う単純な物質主義者だと自認することが多い。しかし最近はそれと同時に、私は、空間、あるいは「持たないこと」が好きになった。

どこの家でも最近はものが溢れている。それぞれのものを、機能に応じて使い切れないほど持っている。人間の性格は二つに分かれていて、「捨てない派」と「捨てる派」があるのだそうだが、私はどちらかというと「捨てる派」かなとさえ思い出した。

私は自分が死んだときに残される人の苦労を思って、これからの余生を、ものの「始末」に当てることにしたのである。

もうすでに原稿は何千枚、もしかすると何万枚も焼いた。写真も十年前、日本財団に勤める前に数百枚焼いた。最近では不要なものを全部知人のフリーマーケットで売ってもらっている。古い服も早めにもらってもらう。私は大柄なので、大きなサイズがなくて困っている人は利用してくれるのである。

冷蔵庫の中のものの始末も、道楽と言いたいほど熱心だ。「モッタイナイ」などという言葉がアフリカの女性によって広められる前から、私は食べ物を捨てたことなど、年間数えるほどしかない。週に一度は、残り野菜とわずかな肉を全部使ってスープを作る。これがなかなか変化のあるおいしさで、こういう道楽があるから、賄いつきの老人ホームに入れないのである。

ものはあるのも嬉しいが、不用品がなくなると何ともすがすがしい。

死を前にしても人は悟らない

親友が彼の病床を見舞った時、彼はすでに酸素テントの中にいた。けれど、親友の顔を見ると、彼の顔にある表情が流れたので、友だちは家人にすすめられて、テントの中に顔を突っ込んだ。

すると彼は、ようやく人差指を一本出して、それから何か囁いた。二、三度聞き返して、友人は、やっと病人が、「一億円、一億円」と言っているのだとわかったのであった。

彼の昨年度の収入が一億円だったというのである。

「そうか、そうか」

親友は手を握った。すると病人は、もう一度、力をふり絞るようにして、五本の指をひろげてみせる。

それは五万円、ということだと家人が知らせた。つまり収入が一億円に五万円満たなかったのである。残念だ、と病人は訴えているのであった。

「もう五万円、何とかして増やしてやりたかったな」

と友だちの一人が言った。

一億円を目標にすることも一つの人生の意味なのだろう、と私は思った。そして私は会ったこともないこの人が少し好きになった。

しかし考えてみると、九千九百九十五万円もの収入があれば十分ではないか、と思うのは、私の一方的な見方で、彼にしてみれば、五万円足りないことで、死んでも死にきれなかったのかもしれない。

生きる目的はそれぞれに違うから、人間は他人に何も言いようはないのである。

隠居老人の小遣い

三浦朱門は、九十歳に近い老人としては晩年比較的健康に暮らしていた。死ぬ直前まで毎朝歩いて、四、五分のところにある「駅の本屋」に行き、その日に読む分の本を一冊買って帰って来た。それが朱門の「その日の煙草代の使い方」であった。煙草は中年でやめていたので、まさに「隠居老人の小遣い」の使い方だったのである。毎日買った本をほぼ確実に一日で読み終わっていた。

「僕は間もなく死ぬよ」

彼の望みは、うちへ帰って老後を過ごすことなのだから、私は老衰のままでもずっと家にいられる態勢を作ることだけにその頃は必死になっていた。今でも私は一回だけ後悔していることがある。私の脚が痛くなって間もなく、私は「もう私はダメだわ。あなたの世話を続けられないわ」と呟いたことがあるのだ。私はもうベッドの上で、彼の半身を起こす力さえなくなったことを嘆いたのだ。こんな調子では、どこか病人の面倒を見てくれる施設に朱門を送らなければ私の体力では多分長くは続かないだろうということだったのだが、それから数日後に朱門は、「僕は間もなく死ぬよ」と言ったのだ。暗い調子でもなく、何かさわやかな予定のような口調だった。

彼は自殺を図るような人ではないが、自分の体にその予兆を感じたのか、それだけでなく、それが私たちにとっていいことなのだと言いたかったのか、どちらでもありそうな気がする。私たちは誰もが、適当な時に穏やかに死ぬ義務がある。

静かな最期

息子の話によると、お祖父ちゃんもお祖母ちゃんもあまり好調だったので、これならずっと東京で見張っていることもないや、と思い、東北地方へ妻子を連れて旅行することにした。家にはたまたま私が娘同様にしている資格のある看護師さんもいてくれたので、毎日正午に出先から定時連絡をして祖父母二人の様子を聞き、夕方には泊まっているホテルを知らせるというやり方を決めた。

一日目の正午に電話をかけた時には「お元気ですよ」だった。二時間ほど後に電話をかけると「実はお祖母ちゃまが先刻亡くなったんです」ということだったと言う。

義母は午前十一時頃、トイレの後、お風呂場で行水をさせてもらい、サッパリした後、少し眠った。義父母は、朝わりと遅起きなので、昼ご飯は一時と決めてあった。長い看病の期間があると、私の感じでは、介護者の心の発散も大切だった。付き添いの人には、十二時に私たちと気楽に、老人のことは一時忘れて食事をしてもらっていた。その後で、午後一時からが義父母の食事というのが習慣であった。

その日も一時に食事を持って行くと、義母はもう息がなかった。隣の部屋にいた義父も全く異変に気がつかないほどの静かな最期だった。

私にとって二度死んだ母

私は母が少なくとも二度死んだように思っているのである。

母の人格が変わったのではないか、と思い始めたのは、生活上のほんのささいなことからである。だからいつからそれが始まったのか、私には判然としない。

最初の気配は、昔からその傾向があった母の鬱病的な気分が濃厚になったことであった。生きる目的がわからなくなったから、娘の私から目標を与えてくれ、と言い出したのである。今なら私はもう少し不誠実で巧者な返事もできるだろう。しかし当時私はまだ若かったから、目的だけは他人には作れない。目的に達する手伝いはする、という答えしかしなかった。私は母を女によくある典型的な甘い寄り掛かり方をする人だと思い、ほとんど同情しなかった。

それから母は次から次へと、ほんの少しピントの狂ったことをするようになった。私が描いて頂いて来た有名な画家の肖像画を、大きすぎるからと言って、サインのところごと切り落として額に納めたり、私の所へ廻されて来た身の上相談の手紙の差出人の本名を、聞き合わせて来た電話に平気で明かしてしまったりした。

どれも善意のことであった。画家のサインを切り落とすことだって、母は権力主義者ではないから、ただ娘の顔が大切だったのだ、ということはできる。しかし母の兄は昔絵描きになりたかったこともあるくらいで、母も画家のサインというものがどういうものか知らないわけではない。

身の上相談は、新聞社からほんものの手紙が廻されてくるシステムであった。

しかし新聞に載る時には、新宿区Ｓ子65歳という風に匿名になる。自分は働きたいのだけど、根性の悪い嫁が体裁ばかり考えて働かせてくれず飼い殺しのようにさせられている、というような内容の投書が出た時には、うちにも問い合わせが数件あった。自分のところで雇いたいというのである。私は申し訳ありませんが、本名や住所はお教えできませんから、編集部におっしゃってください。編集部からお伝えすることになるだろうと思います、と答えていたのだが、私の留守に母はその手紙を探しだして来て、問い合わせの電話をかけて来た人に教えてしまったのである。

こういう手紙は、医師における患者の秘密に準ずるものとして扱わなければならないことくらい、どうしてわからないの？　と私は怒った。その時、この投稿者を調べたら、話は世間の同情を引きたいための創作の部分が多かったという。話というものは両者から聞くべきものである。

何となく不思議な齟齬《そご》が続いた。すべて考えようによっては「私の気のせい」「母の勘違い」「こちらが状況をちゃんと説明していなかったから」「その日の母の体調のせい」と見えなくもない。

しかし母は、我が儘なところはあるが、本来はもう少し聡明な人であった。どうしたのだろう、と私は腹を立てながら不思議だった。動脈硬化が人格の微かな変性をもたらすものだ、ということも、その時は知らなかったのである。

或る朝母は起きて来ると、

「昨日の晩、夜中にトイレに起きたら左へ左へと曲がって歩いてしまうので困ったわ」

と言った。それが脳軟化と診断された病気の始まりだった。

動転していたので、その間のきちんとした日数の変化も、経過の推移も、ところどころ曖昧になっているが、母は次第に口をきかなくなった。「どこか辛い？」と聞いても「ううん」というだけである。本を読んだり、短歌を作ったりするのも好きな人だったが、そういうこともしなくなった。夕方、母が自分の部屋で、電灯もつけずに夕闇の中でじっと座っているのを見た時、私は暗澹《あんたん》とした気分になった。

そこにいるのは、既に母であって、母ではなかった。母の形骸であった。死体が生きているという感じさえした。あの感情の起伏が激しく、私にさまざまな人生の実相を叩きこんでくれた母の生き生きした精神の動きは、最早片鱗もなかった。母は一夜にして死んだと感じ、私は泣いた。私は母子心中という形で一度この母に殺されそうになったこともあったのに、それでもまだ好きで好きでたまらなかった母であった。母の肉体が少しも変わらずに私の前にあるだけに、私はその変化をいっそう無残に感じた。

私たちは常に死者の声を聴くことができる

通常、善意に包まれて命を終える死者が残した家族に望むことは、健康で仕事にも励み、温かい家庭生活を継続することだろう。息子にはぜひ総理大臣になってもらいたい、という生々しい野望を残して死ぬ人もいるかもしれないが、人間は、その誕生と死の時だけは、不思議なくらい素朴になる。赤ん坊が生まれる時、親たちが願うただ一つのことは、健康なことだ。死者が残していく家族に望むことは、「皆が幸せに」という平凡なことである。だから私たちは常に死者の声を聴くことができる。死者が、まだ生きている自分に何を望んでいるか、ということは、声がなくても常に語りかけている。

おそらくその声は「生き続けなさい」ということなのだ。自殺もいけない、自暴自棄もいけない。恨みも怒りも美しくない。人が死ぬということは自然の変化に従うことだ。だから生きている人も、以前と同じような日々の生活の中で、できれば折り目正しく、ささやかな向上さえも目指して生き続けることが望まれているのだ。その死者が私たちのうちに生き続け、かつ語りかけている言葉と任務を、私たちは聞きのがしてはならないであろう。

第2章

悠々と生きる

精神の姿勢をよくする

自分らしくいる。自分でいる。自分を静かに保つ。自分を隠さない。自分でいることに力まない。自分をやたらに誇りもしない。同時に自分だけが被害者のように憐れみも貶《おとし》めもしない。自分だけが大事と思わない癖をつける。自分を人と比べない。これらはすべて精神の姿勢のいい人の特徴である。

ふと気がついてみると、私の周囲には、自分の出自を隠していない人ばかりになっていた。出自を隠さなければ、貧富も世評も健康状態も、あるがままに受け入れていられる。世間を気にしなくなるから、ストレスが溜まらない。犯罪を行う必要もなくなる。そういう人とはいっしょにいて楽しい。どことなく大きな人だ、という感じを与える。

自分の眼力を持つことが成功した人生を送る秘訣

人生で、自分独特の眼を養うことは、成功した人生を送る秘訣である。今世間を動かしているのは、空気である。空気が読めないのを嘆く前に、空気を気にしすぎる病気も自覚した方がいい。空気を読みすぎるという重篤で悪性の病気にかかると、今度はそうでない人を脅すようになる。既にもう、その徴候は見えているると私は時々感じている。誰もが自分のいいと思うものを、可能な限度の中で、自分の眼力で発見する。それがこの上なく、自由で楽しい人生だ。

すべての人間にはその人しか達成できない使命が与えられている

カトリックの修道院経営の学校で育ったので、私は世間の評価とはいささか異なった価値観の中で育てられた。

一言で言うと、世間的な評価とは別に、すべての人間にはその人しか達成できない現世の使命が与えられているということである。時にはその結果は隠されたままで、世間の喝采を浴びないこともある。しかしほとんどの場合、その人の素質と使命は、死ぬまでにいつか必ず、露わにされ、使われるものである。

その人が生涯をどう生きたか、ということはどこかで必ず記憶されていると私は思うようになった。それをするのは神である。人生の途中において周囲の人間すべてが、その人の才能や使命に気づかなくても、必ず神が見ていて、その人をどこかで必ず使っているというのが、私の実感だ。周囲の人間は、彼か彼女の才能に気づいていなくても、神は実の親のようにその持ち味に気づくものなのだ。

その時々の運命を素直に受け入れる

骨折の後、松葉杖をついていた頃、街角に立って、ここにいるほとんどの人は重い荷物を持って十キロ歩いたり、走ったり、ジャンプすることも階段を駆け下りることもできるのだと思いました。でも、私にはできない。私よりも年をとった人でもできるのに、私にはそんな単純なことができなかった。

その自分の劣等性を確認した時、さわやかな気持ちでもありました。自分というのはこういうものだった、これが私だ、と明確にわかって安心したのです。はっきりした自覚を贈られたことは、私の晩年の姿勢を限りなく自然体にしてくれるだろう、と思いました。

人は、その時その時の運命を受け入れる以外に生きる方法がありません。その範囲の中で、自分は何ができるかを考えるしかない。昔のようにできないと思うと苦しくなりますから、その時々、その人なりにできることをやればいいのだと思います。

人間の可能性は誰にも読みきれない

ほんとうの理由は、私は今までに、未来を予測して備えていても、その通りになったことがないからだ。「性懲りもなく」私はまだ予測をする癖は抜けないのだが、常に結果は違うものになるだろうという「知恵」だけはその頃から授けられた。だから思いがけない答えが与えられても、それほど文句を言わなくなったのである。

もし予測した通りの答えが私の未来に待ち受けているとするなら、私はその結果を狙って「善行」をしたり「努力」するかもしれない。それは私が一生涯の保険にお金を出すようなものだ。計算ずくの行動というものは、商行為と同じで、褒めるに値するものでない。

人間が、計算でも動き、全く計算以外の情熱でも動くということは、すばらしいことだ。だから人間の可能性は、誰にも読みきれない。そこが私たちが生涯を生き尽くすことの意義なのだろう。

先を予測してもその通りにならない

でも、そう計画するのも、また不自然な思い上がりなわけです。そこで「今日生きていれば、明日も生きているだろう。今年、生きていれば、来年も生きているだろう」と思うことにしたんですね。

その間に、頭がボケたり、身体機能を失ったりすることがあるかもしれないけれど、それを細かく予測して物事を考えるというのも、人間の埒外《らちがい》だという気がしています。

長生きして相手を看取りたい、なんていうのも、そういう計算はまったく無意味だと思っているんです。だって人間にはできない予測だから。私は一度も考えたことがないですね。

死に方も考えない。死に方をいくら計算しても、自殺以外はその通りにならないでしょう。そういう無駄なことは考えないことにしました。

人生に本当に必要なものは実は数多くない

この世で本当に大切なこと、人生に本当に必要なものって、実はあまり数多くないんです。それをちゃんと考えてみたらいい。それ以外は、まあ、よくなればいいけど、実はどうでもいいんですよ。

少し角度を変えるだけで世の中の風景は大きく変わる

世の中のことは総て、少し諦め、思い詰めず、ちょっと見る角度を変えるだけで、光と風がどっと入って来るように思えることもある。

スローモーションの生き方は味わいが深い

人生は過ごし方によって、評価が決まる。楽しいか、そうでないかで、幸不幸が決まる。話をしていて楽しい相手と過ごせる日は幸福だったのだが、気むずかしい人を相手にいつもご機嫌をうかがっていなければならない一日は、暮れるとほっとする。

しかし人の一生は、暮れるとほっとするものであってはならない。

一メートル、一秒の単位で生活を評価する人生と、長い年月の重なりの年単位で過去を味わう人と、人生の生き方はさまざまだ。私はもちろんのろのろと遅く、長い時間の経過の味を見ることに慣れている。

一秒の人生の味は私にはわからない。しかし食べものに、お酒や塩や砂糖や醤油や、時には麹《こうじ》をかけておくと味が出るように、大ていの人の性格は、周囲の状況や、時には災害などにまで遭って、初めて本当の実力が出ることさえある。

地味に生きてこそ、その長所が見える人と、瞬発力に美を見せられる人とがいる。私たちはその双方を十分に味わえる人になりたいものだが、なかなかそうはいかない。

長丁場でこそ人間力を見せられる人には「もう少しはっきり生きろ」などと文句を言い、長い人生を耐えてきた人には「あの人はいつも歯切れが悪くて……」などと陰口をきいているのが社会なのだ。

自分がせっかく長く生きてきたなら、せめてスローモーションの生き方をし続けて、世間からは能なしと言われるような人を楽しく評価できるようになりたい。人間の九十九・九パーセントまではオリンピック選手ではないのだから、スローモーションの能なしの魅力を発見できる人になると、世界はずっと楽しくなる。

どんなやり方でもうまく行けばいい

芝生の上に倒れる時、私は左の頭を打った。暫くじっとしていよう、私は冷静な性格だから……と私はしょったことを考えていた。地面のショックというものは、思いのほか、柔らかだった。

頭をぶつけても、少しの間静かにしていることで、災害が少し軽度で済むかもしれない、と私は考えて、寝たまま青空を眺めていた。

すばらしい角度だった。視覚一杯と言いたかったが、我が家の古い軒先が少し遮っているだけで、後は、広々とした蒼穹《そうきゅう》が眼の真ん前に開けていた。どうしてこんなすばらしい景色が自分の庭で見えるのに、私は今まで眺めようとしなかったのだろうか、と私は自問していた。それにしてもこの無様な姿を、家の誰にも見られていなかったのは、幸いだった。

しばらくして、私はふと、泥だらけになった私の髪の毛のすぐ傍に、春菊の畑があるのに気がついた。畑と言っても、春菊の部分は、畳一畳ほどの、小さな家庭菜園である。朱門がいなくなってからは、やはり野菜の消費量も何となく減って、野菜はしばしば生産過剰だ。

今晩はこの伸びすぎた春菊のおひたしを食べよう、と私は思った。その分の青菜を、今は寝たままの姿勢で採れる。徒長《とちょう》した株を引き抜くか、伸び過ぎた部分だけを折ればいいのだ。

私は生まれて初めての「寝たまま農業」をやった。寝たままやれることに感動した。安全無比だ。これ以上転ぶことはない、まともに菜っ葉を採ろうとしたら、改めて台所まで行って、笊《ざる》を持ってサンダルを突っかけて、転ぶことにもなりかねない。

実は実母が、晩年、寝たままお針をしていたことを思い出した。家族も友人も、「それは危ないでしょう、針が布団にまぎれこんだら、おおごとよ」と言ったのだが、母は「そんな無様なことはしませんよ」と自信ありげだった。そして事実、生涯事故は起こさずに、八十九歳まで簡単なものを縫っていた。

寝たままお針に対して、私は寝たまま農業、だ。どんなやり方でも、つまりうまく行けばいい、と我が家の住人はいつも考える性格なのだ。しかしこれだから、有能な官僚や、華道茶道などの達人にはなれない。泥だらけの春菊の束をもって、書斎に帰って、私は照れ隠しもあって、愚痴を言った。

「昨日、髪を洗ったばかりなのよ。それなのに、泥だらけにしちゃった」

或る目的に向かって力を使おうと思えば、おのずと力は与えられる

発情とか負けず嫌いで頑張るというのは、おばさんによれば悪趣味なのである。なぜかというと、おばさんは神さまを信じているので、神は人間が発情しようがしなかろうが、その人を、或る目的に向かって使おうと思えば力をお与えになるし、「もうお前の任務は終わったよ」とお思いになれば、「もっと働く！」と喚いても、静かな生活を与えて下さる、と思っているからである。

一生追いかけても追いつかない目標があることの喜び

自分が生きているうちに効果が見えないことでも……という発想は、私がこの年になってようやく知り得た一つの静かな楽しみになった。人生には近い目標と

遠い目標とがあって、近い目標ばかりではつまらない。生きて決して見ることのない目標は、相手に伝わらないままに終わる恋のようなものだ、とこの年になって臆面もなくタワケタことも言えるようになった。

心を麻痺させるような夕映えの中で「声」を聞く

私の海の家の西の端には、私に人生の答えを語ってくれる一本の木もない。しかし、そこには荒々しい西風と、そして、心を麻痺させるような夕映えがあった。私は毎夕、その光の中で、あたりに満ち満ちてくる詩か哲学か、神の指示かわからぬものの声を聞いた。だからといって私は少しも賢くはならなかったが、そのときによって私は、平凡な一生を送れそうな仕合せを感じ、そのおかげで平安に包まれていると感じた。私にはそれで十分だったのである。

自分の好みで生きればいい

夫とその姉は、自分たちの父母が亡くなった時やはり私の母の場合と同じような秘密葬式をした。どちらの場合も、甥姪たちや極く親しい若い知人数人に囲まれて、決して淋しいお葬式ではなかった。むしろそこには義理で来た人は一人もいない、という爽やかさがあった。

こういう勝手は、都会だからこそできるというところがある。地方では自分の好みで死者の始末をすることはできない。葬式は個人のものではなく、社会的な事業だからだ。しかし本当は、教育、結婚、毎日の生活、老後、病気、死と葬式、などというものは、強烈にその人の好みに従っていいものである。他人がそうするから、とか、そうしないから、ということが、即ち自己からの逃走なのである。

相手の望むことを叶えたいなら、その途中の方途や動機はどうでもいい

小説家は「嘘を書く」のが本業なのだが、その部分部分の実感の味だけはよく知っていなければならない。いつも胃潰瘍で、お腹が重いと感じている作家は、多分、本当の空腹を書けないだろう。

だから小説家は、すべてを体験する必要がある。空腹も食べ過ぎも、金が足りない浅ましさも金があり過ぎることの鬱陶《うっとう》しさも、おべっかも裏切りも、心から「おもしろいなあ」と思えねばならない。

これは私の場合に限るのかもしれないが、私は道徳性というものにあまり、大切さを感じない。

嘘をつくと、総じて後がよくないが、人生は、簡単なことなら嘘をついておいた方が物事があっさりと理解される場合もある。自分の内面の事情を延々と誠実に説明する人がいるが、私はそういう人に会うと、相手の話が終わるまで、どこ

かで居眠りしていたくなる。

私はつまり「あなたは私に何をお望みですか？」ということが、あっさり伝わらないと疲れてしまうのだ。それが叶うなら、私はできるだけ相手の希望を叶えたいのだ。すると双方が得をする。相手は希望する状態を手に入れ、私は相手の望むことを叶えたという満足を味わう。だからその途中の方途や動機はどうでもいい。不純でもかまわない。

互いに半分の欲望を叶える夫婦になる

五十歳になった時に私が感じたことは、もうこの年になれば人はそれぞれに長い歴史を持っている、ということでした。それを改変させようとするのは思いあがりというもの。残りの時間はもしかすると短いのだから、その人の生きたいように生きることを承認したい、と思いました。それは、長年連れ添った夫婦の間でも言えることです。

私は三浦半島にある家で畑をしながら、夕日を眺めたりしてのんびり暮らすのが好きですが、夫はあまり好きではありません。彼は完全な都会派で、都会の真っただ中にいて、美術館や劇場へ行くのが楽しみなんですね。

だから、それをお互いに少しやらせてもらう。半分好きなことをして、半分はお互いに妥協して暮らすんです。それを、いい加減にやれるのが大人だと思います。たとえば、一週間くらい田舎にいたいと思っても、ま、仕方がないや、と三日で自宅に帰って来る。

「あなたのせいでゆっくりできなかったわ」とグチを言うのも、また楽しい。

趣味が合って、リュックサックを背負っていっしょに歩いているご夫婦がいますが、私たちはそれもない。私はアフリカへ行くのが好きだけれど、夫は絶対に行きません。食べ物を買いにマーケットにいっしょに出かけることはあっても、本好きの夫は、私に本屋に行くとも言わずに、家出するみたいに一人で行ってしまいます。

普段から、私たち夫婦はあまりいっしょにいません。ご飯さえいっしょに食べればいい、と思っているところがあって、朝食は必ずいっしょにします。私は低血圧時代の癖で、たらたらたらたら一時間ほど話しながら食べています。そして、次のご飯まで、それぞれにいささかの自由を確保して、行きたいところへはさっさと出かけ、行ってきた先の話をお互いにうんとするのです。

二人とものすごいおしゃべりで、食事のたびに、夫は、出先でこんなことを言ったら相手はこんなふうに答えて、帰りの電車にこういう美人が乗っていて、彼女がどんなに呆れることをしたか、ということまで、こまごまと早口で話す。私のほうも、同じように外であったことを、おもしろおかしくしゃべる。それが、けっこう暇つぶしになって、お金も要らなくて楽しい。そして、また次の食事まで、それぞれに自分の好きなことをするわけです。

半分の欲望を叶えて、それをさせていただいたことに感謝する。そうすれば、なんとなく折り合いがつきますし、お互いに楽です。だから老年になったら、折《せっ》衷《ちゅう》を許せる夫婦になったほうがいい、というより便利です。折衷というのは、もしかすると偉大な賢さなのかもしれません。

得をしようと思わなければ九十五%自由でいられる

私は、小さい頃から母親に金銭哲学とでも言うべきものをよく聞かされました。母は、お金をいい加減に考えてはいけません、と戒めました。人間は弱いものだから、お金がないために無用な争いをしがちである。お金に少しゆとりがあれば、親戚や友だちとの付き合いの中で、自分がおおらかな気持ちで損をすることもできる。しかし、お金がないと、だれがいくら出したかということに、いつもヒリヒリ神経をとがらすようになってしまう、と。

お金は怖いものだと思いなさい、とも言われました。人から理由のないお金を出してもらったりしてはいけない。得をしたい、という気持ちが起きた時は、すでにお金に関する事件に巻き込まれる素地ができかけているから用心しなさい。人にすすめられて、何かを買ってはいけない。何にお金を出して何に出さないか、世間にならうのではなく、自分の好みで決めなさい、と。つまり母が私に教えたのは、常に自分が人生の主人公になりなさい、ということだったのだと思います。

あからさまな悪徳商法に引っかかったり、途方もない儲け話にころりと騙されたりするのは、多くの場合、強欲な年寄りです。何十年も生きてきて、どうしてそんなばかな話に引っかかったのか、と思うことがよくありますが、楽して儲けたい、という気持ちが整理されていないのでしょうね。

得をしようとは思わない。それだけで九十五%自由でいられるような気がします。お金の問題はやはり低い次元の話ですが、低い次元の部分にはかえって単純明快なルールを自分で作っておかないと、心が腐ってくる気がします。

贅沢も貧乏も才能もほどほどがいい

こうした貧困な生活が救われたのは、一九四五年の終戦以後の日本の奇跡的な復興・繁栄によるもので、世界でもあまり類を見ないほどの豊かな暮らしが戻ってくると、こんな昔の貧乏はもう思い出話になった。

その頃、日本人は、意識を少し変えたのだ。ほんとうに生きるために必要なものは、財産の証になるようなお金や株でもなく、美術品や骨董の類でもなかった。真に価値があるのは、毎日食べる米、砂糖、豆類などであることを知った。つまり私たちは、原始人のように、元から、生きるとは何かに気づいたのである。

それから先は、その人の個性によって違う。それでもなお、時間が経つにつれ、書画骨董に心を向けた人もいるし、出世街道まっしぐらになった人もいた。やや理念に傾いた「単純生活」というような言葉に、新鮮さを覚えた人もいた。もちろん学究生活に打ち込んだ人も、農漁村に入って昔風の村の生活に理想を見いだそうとした人もいた。

そうした戦後の空気に、便乗するのでもなく、敢えて反対もしないけれど、少なくとも私は、やや単純生活に心を向け始めた。

と言っても、深い哲学や意志に支えられたものではない。戦争中、毎日のように空襲で日本中の都市が焼かれ、或る人が一生をかけて集めた家邸や家財が、一晩のうちに灰燼《かいじん》に帰《き》するのを見ると、「何でもほどほどがいいや」と思い始めた

ご購入作品名

■この本をどこでお知りになりましたか？

□書店（書店名　　　　　　　　　　　　　　　　　　　　　　）

□新聞広告　　□ネット広告　　□その他（　　　　　　　　　　　　）

■年齢　　　歳

■性別　　　男・女

■ご職業

□学生（大・高・中・小・その他）　□会社員　□公務員

□教員　□会社経営　□自営業　□主婦

□その他（　　　　　　　　　　）

ご意見、ご感想などありましたらぜひお聞かせください。

ご感想を広告等、書籍のPRに使わせていただいてもよろしいですか？

□実名で可　□匿名で可　□不可

一般書共通

ご協力ありがとうございました。

郵便はがき

おそれいりますが
切手を
お貼りください

102-8519

東京都千代田区麹町4−2−6
株式会社ポプラ社
一般書事業局　行

お名前	フリガナ	
ご住所	〒　　-	
E-mail	@	
電話番号		
ご記入日	西暦　　　　年　　月　　日	

上記の住所・メールアドレスにポプラ社からの案内の送付は必要ありません。□

※ご記入いただいた個人情報は、刊行物、イベントなどのご案内のほか、お客さまサービスの向上やマーケティングのために個人を特定しない統計情報の形で利用させていただきます。

※ポプラ社の個人情報の取扱いについては、ポプラ社ホームページ（www.poplar.co.jp）内プライバシーポリシーをご確認ください。

のである。

贅沢も貧乏もほどほどがいい。持っているものも持っていないものも、ほどほどがいい。才能だって、世間まれな才能を持つと、多分孤独になって必ずしも幸せにならない。

余計な情報にかまわない

週刊誌のお噂記事などというのも、一番いらない情報だろう。百科事典や新聞の情報がたちどころに出てきても、それをどう使うかという個人の選択がなければ「知ってどうなる」というものなのである。

最近私のところにどこの雑誌に出たものかわからない私の記事を送ってくれた人がいた。わずか原稿用紙三枚くらいの記事の中に、十一ヵ所の証明できる間違いがあった。私が自分で払った受け取りのあるお金を勤め先から出してもらったと書き、私が「一度も」個人の趣味で出掛けたことのない場所に、私が始終出入りすると書いている。この記事を一番おもしろがれたのは、私のスケジュール全部とお金の出し入れを知っている秘書で、こういう作り話を載せた雑誌にお金を払う客がいることに、彼女は感心していた。

情報というものは、玉石混淆である。あるだけでは何の価値も生まない。それをどう判断し、分析して整理し、意味の再構築を試み、その内容に、どんな創造的な意味を付加できるかということだけが勝負だろう、と思う。なかなか私にはできることではないが。

誰にも迎合せず、他者の都合でけっして生きない

長く一つ道をまっしぐらに生きることの強さを、イチョウも柿も教えてくれる。どれも歳月が生んだみごとさである。政治家と違って、彼らは妥協して生きる道を模索したり、どちらにつけば得策かということを計算したりしないのである。

植物は誰にも迎合しない。他者の都合では生きない。権威にも屈しない。芽を

吹くときも葉を落とすときも、自然というか本性というか、あるべき姿に従って、それを運命と思う。堂々たる生の営みであり、命の終わり方である。

知人から贈られてきた渋柿に、まだ渋が残っていたりすると、私はすぐ焼酎で渋を抜く。都会育ちの私はそんな方法も中年まで知らなかったのだが、今ではたくさんの単純な生きる知恵を覚えた。

弱さは財産であり、幸福である

人間を総合的に見るとき、果たして明確に強いと言える人というのはどれだけいるのか。たいていは、強く見えるだけで、弱さを内包しています。強く見える人ほど、弱さを隠そうとする。そこに弱さが厳然とありますし、たとえいま、ほんとうに強くとも、病気をしたり、年をとったり、愛する者を失ったりすれば、あっという間に弱くなります。強いという状態は、仮初めものなんですね。

自らの弱さを自覚するとき、人間は初めて強くなる方法を見出します。パウロはこの辺りを知り抜いていて、強さという仮面をかぶった弱い人間にはなりたくなかったのだと思います。

「人間は弱いのが当たり前で、弱さという一つの資質を与えられているからこそ、強くなるためにどうしようかと考える。弱さは財産であり、幸運である」

そういう考え方を頭の片隅に置いておくだけで、生き方はずいぶんと違ってくるはずです。

人間は地声で物を言っていればよい

一般に、自分がよく思われたいと期待する時に、そこに奇妙な緊張を生じる。よく思われて褒められなくても、私は私なのである。褒められたからと言って、私の実質に変化があるわけではなく、けなされたからと言って、私の本質まで急に悪くなるわけではない。

時々世間には、「悪者」だと言われる人が出てくるが、その人がどの程度「悪者」であるか、「善人」であるかは、世間の風評とは全く関係ない。よく思ってもらうことを、世間に期待しなくなると、人間は地声で物を言っていればよく、とびはねて歩かなくても大地を踏みしめて立っていられ、まことに楽になる。世渡りから見ると、これは下手なのだろうが、この自然さは、精神の風通しをよくするから健康にいい。

買いかぶられるより、バカだと思われる方が楽である

さらにむずかしいのは、過不足なく自分を表す、ということである。私はうまく喋れません、とか、手紙の文章がうまく書けません、という人は、自分を必要以上に、よく見せたいと思うからなのである。

買いかぶられるよりも、実際よりバカだと思われる方が、どれだけ、静かで安心できるか。という場面に私は時々ぶつかることがある。できれば限りなく正確に、自分をそのまま表すこと。その姿勢に私たちは馴れるべきなのである。

もちろん、そのためにはさまざまな意味のない防備から自分を解き放たねばならない。素手で外界を受けとめることである。私にはできないが、それが本当に勇気ある人のりりしい姿なのである。

知ったかぶりよりは、むしろ知らない方がいい

私たちはどんな人からも学び得る。学問も何もない人の一言が、哲学者の言葉よりも胸にこたえることがある。宝石はどこに落ちているかわからない。だから私たちは、常に教えられるために心を開いていなければならないのである。

昔から私はたくさんの失敗をしでかし、試行錯誤で、そのうちの一部分は、自分のおろかさとして身にしみた。一部は恐らく気づかないままに過ぎて来てしまったと思われる。その中で年ごとに強く思うのは、「知ったかぶりよりも、むしろ知らない方がいい」という実感である。現実問題として、私は知らないことの方が多いから、知らんふりなどという、高級な演技ができる機会など非常に少な

いのだが、それでもそう思うのである。

勝ち気や見栄を捨てれば本当の強さが現れる

本当の意味で強くなるにはどうしたらいいか。それは一つだけしか方法がない。それは勝ち気や、見栄を捨てることである。すぐばれるような浅はかな皮をかぶって、トラに化けた狐のようなふるまいをしないことである。

世間は人間の弱みや弱点など、すべて承知ずみなのだ。金のないことも、一族の中にヘンな人間がいることも、子供が大学にすべったことも、そんなこと、あちらにもこちらにもごろごろ転がっていることなのである。それなのに、自分だけは関係ないような顔をすることじたいが、もうおかしい。

弱点をたんたんと言えないうちは人間が熟していない

勝ち気や見栄を捨てた時、人間は解放される。かつての私の首や肩のように、こちこちではなく、しなやかな感受性を持ち、自由になれる。その自由さの中で、人間は光り輝くように、その人らしく魅力的になり、かしこげになり、金はなくても精神の豊かさを感じさせるようになり、大人物に見えてくる。

自分の弱点をたんたんと他人に言えないうちは、その人は未だ熟していない人物なのである。

不自然な努力を続けない

三番目に、楽に生きる道は、努力家と思われる人々に捧げることになるだろう。

義理は欠かないにこしたことはないが、欠いても大したことはない。

至れり尽くせりにしようと思っている人は、多くの場合ぎすぎすしている。それはその人が楽に、余裕を持って生きていないからである。不眠症、赤面恐怖症、強迫神経症、異性に対する神経過敏症、みんな、自分を実際よりよく見せようとする、不自然な努力の結果である。素直に、二本の脚で、大地に立って、風に吹かれ、できるだけの一日の仕事をした後は、夕陽を眺める時間や、歌を歌う時を残しておかなければいけないのである。

鈍才こそ生き残る

時々私は、どうしてこのような鈍感な人が、このような責任のある地位に就いていられるのか、不思議に思うこともある。しかしその人がなぜそこまで出世できたかというと、それは、彼が眼から鼻へ抜けるような秀才ではなかったせいなのである。

秀才は第一、他人から、尊敬されもするが、嫌われもする。また、秀才自身、よく物事が見抜けるために、《こんなことをしたってだめだ》とか《こんな連中と一蓮托生したくない》とか考えて、もう少し粘れば何とかなったかも知れないものを、さっさと諦めたりする。

「石の上にも三年」というのは、鈍才が力を発揮するということが、昔から人びとにわかっていた証拠でもある。鈍才は将来が見えないから、そのことにしがみついてじっとしている。そして世の中の多くの仕事は、「わかってやる」という形をとらずに、「わからないでやっている」ものなのである。

仕事が道楽にならなければ精神は不自由である

「仕事が道楽にならなければいけない」と言うと、「それは経済的に余裕のある人のことでしょう」などと月並みな言葉が返ってくることがあって、私はうんざりする。そうではないのである。仕事が道楽になった時、初めて、その人はその道で第一人者に近くなれるのである。

道楽は、初めから楽をすることではない。総ての道楽は（たとえば盆栽一つをとってみても）苦労がないことはないのだが、その苦労を楽しみと感じられるように変質させ得るのが、道楽なのである。

今は道楽の精神どころか、自分の専門分野さえ知らなくて済むなら、覚えないで済ませたい、と思う時代である。しかしお気の毒なことに、道楽の精神がないと、仕事に関する苦労がいつまでたっても楽しみにならない。かくてその人は永遠に生活のために、自分のいやなことを働き続け、精神の奴隷のような生涯を送ることになってしまう。

何のために学問をするかといったら、就職に便利なような卒業免状をもらうためではない。私のように、ほかの得手がなかったために、小学校六年生から、現在のような仕事をしたいと思うようなのは稀であろう。ほかの人たちはもう少し円満な才能を持ち、少なくとも二つ以上の可能性を持つから悩むのである。その中で、ゆっくりと道楽になり得るものを持つことが、学問をすることのよさなのである。

「草取りは、草を取るだけではありません」

その第一は、言われたことだけしか、やらないことである。言われたことさえもやらない人もこの頃では多いから、言われたことだけやっているのはまだいい方だが「気は心」とでも言うべき、サービス精神がない人は、まず成功しないのである。

親のもとにいられない子供を預かって、何年も立派な仕事をしてこられた方の一人に、堀内キンさんという方がおられた。その方は福音寮という施設の設立者なのだが、いつか私の海の家に訪ねて来られたことがあった。喋りながら庭に出ると堀内さんは、すぐしゃがんで芝の間の草取りを始められた。

私が恐縮して、「どうぞおやめ下さい」と言うと「お喋りは草を取りながらでもできます。草取りは、草を取るだけではありません。心がきれいになります」と言われたのを覚えている。

「恋文と、借金を頼む手紙」が書ければいい

私は小さい頃から、母に作文教育を受けたんです。でも、それは文学をやるためじゃない。恋文と、借金を頼む手紙が書けるようになるためだ、とはっきり言われました。

「あなたがいつか結婚したら、相手はろくでもない男かもしれない。怠け者だったり、博打をやったりして、食い詰めるかもしれない。そうしたら、親子心中したくなるだろう。その時のために、借金を頼む手紙が書けなくてはならない」と言うんです。私が結婚する、ずっと前からですよ。

さらに、「もし借金を頼んでもかなわなかったら、盗みを働きなさい」とも言いました。ただし、盗むときには、すぐに見つかるようなところで盗むこと。そうすれば、すぐに捕まって、警察でご飯を食べさせてくれる。盗んだ物は、ちゃんと返せる。持ち主に損をさせてはいけない、んだそうです（笑）。

後で考えたら、とんでもないことを言う母だったと思います。でも、その意図はとてもよくわかります。本当に生きていくために必要なことは何か。それは、自殺せずにしぶとく生き抜くということなんですよ。

決して、いい大学に入ることとか、いい会社に入ることとか、そういうことではない。そんなものを手に入れたって、生き抜くことができるとは限らない。それを母は、よくわかっていたんだと思います。その状況は、実は今も、まったく変わっていないんじゃないでしょうか。

人間には表と裏があることを学ぶ

父のお陰で人間を見る目はできていました。明るい人を見ると、背後にはどんな悲しみがあるのだろうと自動的に思うような子どもになっていたんです。いわばひねくれ者ですね。ひねくれだって世の中で使いようはあるという証拠です。

表向きと裏は違う。表に見えているものを一度取り払って理解すればいい。後になって貧しい国や慣習の違う国を訪れたときも、現地の文化に同化しやすかったのは、そうした人間への見方の訓練ができていたからかもしれません。

良いお宅でのびのびと育ち、地位もお金もみんなある人は、そうでない人を不幸だと思うのかもしれないけれど、私は違う見方ができるようになっていました。どこにも一つの個性的な現実がある、というだけのことですね。

畑仕事で「失敗する楽しさ」を知る

私は、畑が好きですね。花も好き。人の顔色はわからなくても、花や植物の顔色はわかるんです。「水のやりすぎでお腹こわしてる」とか。

五〇歳過ぎからこの世界を見られたことは、本当によかったと思う。花や野菜を育てていると、舞い上がらないんです。知的なことだけやって観念論になることがない。自分はどうやって食べているのか、ということがいつでもわかるし。ああ、こうやって生きているんだな、と気づくことができる。

色ピーマンって、あるでしょ。あれはね、最初は緑なんです。でも、収穫せずに置いておくと、色がつく。私はそれを知らなくて、何年も失敗してしまった。ようやく今年初めて、三浦半島のほうで色つきに成功したんです。こうやって失敗を繰り返すのも、また面白い。負けおしみですけど、本当に楽しいんです。

借りてきた鴨に田圃の草取りをさせる

つい先日も修道院の中にこもって、畑も田圃も作って自給自足している日本人の修道女たちに会いに行き、「田圃の草取りは大変でしょう」と言うと「いいえ、鴨（合鴨だったかもしれない）を借りますから」という答えが返って来て耳を疑った。雑草を食べる鴨を水田で放し飼いにし、勝手に除草をさせる話は聞いていたが、その鴨がレンタルだとは知らなかったのである。当節は、「レンタカー」ならぬ「レンタ鴨」があるとは、おもしろい時代だ。

「そうして秋まで太らせた鴨は、修道院で食べるのですか？」

と私は何となく意地の悪い質問をする。すると私の悪意など気もついていないらしい修道院長は、「いいえ、秋には、貸してくださった農家にお返ししますから」と答えた。

現実が常に歯ぎれ悪く、混沌としているからこそ、虚構が生まれる

これは多かれ少なかれどの作家にも共通の問題だと思うが、文章を書く者にとっての苦しみは、現実は常に語り伝えられたり書き残されたもののほど、明確でもなく、劇的でもないということである。言葉を換えていえば、現実が常に歯ぎれ悪く、混沌としているからこそ、創作というものは、そこに架空世界を鮮やかに作る余地があるのである。しかしそのようなことが許され得るのは、虚構の世界に於いてだけであろう。

歴史にそのように簡単に形をつけてしまうことは、誰にも許されないことである。

第3章

「ひとり」を愉しむ

幸福とは自分のささやかな居場所を見つけること

私にとって幸福とは現世でささやかな居場所を見つけることだった。料理がうまい、ということだけでも、人間は社会で生きて行ける。

世の中の重大なことはすべて一人でしなければならない

どんなに年が若くとも、何かしようと思ったら、一人でできなくてはいけない。女の子などは、映画に行くにもトイレに行くにも、誰かと連れ立って行くが、その癖は一刻も早くやめて、一人であらゆる不安や危険をおしのけて、やれる癖をつけるべきである。

考えてみると、世の中の重大なことはすべて一人でしなければならないのである。生まれること、死ぬこと、就職、結婚。親や先輩に相談することもいい。しかしどの親もどの先輩も、決定的なことは何一つ言えないはずである。

すべてのことは自分で決定し、その結果はよかろうと悪かろうと、一人で胸を張って引き受けるほかはない。本当に学ぶのは一人である。良き師に会い大きな感化を受けることはよくあるが、それも自らが、学ぶ気持ちがない限りどうにもならない。

孤独の時間に自分を発見する

人は孤独な時間を持たない限り、自分を発見しない。人は二つの場面で自分を見つけるのである。群れの中にいる時と、自分一人になる時とである。

人中にいる時も、辛いことがある。自分が何気なく言った言葉で相手を傷つけてしまったのではないかと思う時や、自分の能力や配慮のなさが相手との対比の中で際立って見える時である。

そういう時には、自分一人になりたいと思う。一人なら、相手を傷つけないし、比べられることもないし、バカ丸出しのような失敗もしなくて済む。

一人になった時の予行演習をしておく

どんなに仲のよい友だちであろうと、夫婦であろうと、死ぬ時は一人です。基本的に親は先に死にますし、子供を亡くすこともありますから、一人になった時のことを繰り返し繰り返し考えておくべきなんでしょう。

これは、火災訓練と同じようなものです。いざ直面した時に、おたおたして、うまくいかないかもしれません。たぶん、そんな予行演習をやっておいても全く無駄だった、ということになるのでしょう。でも、「妻に先立たれるなんて、考えたこともありませんでした」などと言う人の話を聞くと、私は不思議でしょうがない。

私は、子供が小さい時から常に自分と子供の二人だけ残されたらどうするかを考えていました。別に夫が病弱でも病気をしていたわけでもありません。ただ、人間はいつ死ぬかわからないと思っていたからです。

ひとりで遊ぶ習慣をつける

ひとりで遊べる習慣を作ることである。

年をとると、友人も一人一人減っていく。いても、どこか体が悪くなったりして、共に遊べる人は減ってしまう。誰もいなくとも、ある日、見知らぬ町を一人で見に行くような孤独に強い人間になっていなければならない。

「沈黙する」ことの教え

トイレで子どもたちがおしゃべりをすると、シスターから「シーッ！」と怒られる。目的のある所で目的以外のことはするな。トイレはおしゃべりをする所じゃないと言うんですね。

私たちは沈黙を教えられました。廊下を歩くときも沈黙。廊下は歩く所でしゃべる所ではない。電車の中も沈黙。大きな声で騒いだり走ったりするな、ですね。でも生徒はあまり守らない。すると電車の中にもいじわるな卒業生がいて言いつけるんですね。

しかし私たちは、重大なことを教えられていたんです。沈黙に耐えられない人間というのはろくなことがない。第一、自分を深く考える時間がない。話すことは、会話の中で相手を見たり、自分の位置を決めたりすることですが、沈黙は誰と比較するものでもなく、自分はどうなのか、神の前で考えることですから。他人の魂の静寂も侵さない。沈黙に耐えられないと、刑務所の暮らしもできないでしょうね。素晴らしい教育でした。

沈黙を守れば強くなる

沈黙を守れば、私たちは強くなる。そして断食の後にはご飯がおいしくなるように、沈黙に耐えたからこそ、私たちは会話の楽しさを知ったのである。孤独があるからこそ、人との出会いが大切に思えてくる。そのからくりを、私たちはもう少し理解してもいいだろう。

沈黙の多い世界にこそ、ほんものの会話が生まれる

かつて私は、砂漠でいくつものことを習ったが、その一つは、砂漠の静寂は、人の声を異様なほどよく伝えるということであった。都会では、五十メートルも離れた場所で話している人間の普通の会話など、通常聞き取れるものではない。しかし砂漠ではぎょっとするほどの鮮明さで、遠くの声が伝わってくる。それこそが空漠の砂漠が許す豊かな人間性の証なのである。沈黙の多い世界にこそ、実はほんものの会話が生まれていたのであろう。

砂漠で初めて人間の会話の本質を見つけた

私は砂漠で初めて人間の会話の本質を発見したように思う。

会話とは、確認なのである。対立という形を取る時もあるかもしれないが、いずれにせよ、会話は人間が自分の思考を確認することなのだ。そして確認は往々にして、目に見えるものを語り合うことで成立する。話題は現実にせよ、心理にせよ、属目に触発されるのだ。(中略)

もし私が一人でこの土地を旅していたら、どうなるだろう。夜になると、私は一人で大地にうずくまり、星と砂だけの空間にとり残される。しかし人間である以上、私はいつも誰かと語りたいのだ。

その時、私は誰と語ったらいいだろう。

愛する者は常にその人の心の中にいるというが、しかし、現実にその人は、数百、数千キロのかなたにいる。生身の人間は、すぐそこにいて、その肌のぬくもりを感じ、手を取り合えることが条件なのだ。その違和感を超えて、本来その人のあるがままの姿で、ここでも語り合える人はいないのだろうか。

その時、人々は砂漠に神を感じるのであった。

神は遍在するから、数千キロの空間のへだたりを飛び越えて、すぐ傍らにいてくれるように感じられるのであった。ここでは実在感のある「人」は神しかなかった。神の声は澄み透っているので、砂漠の静寂を全く侵すことなく、しかも朗々と人々の心に響くのである。

沈黙を守れない人はきちんとした思想を持ちえない

人間は一定時間、沈黙していることができなければならない。それと同時に、喋りたくない時でも、あたりの空気を重くしないために、適当な会話を続ける必要のある時もある。沈黙を守れない人で、きちんとした思想のある人物は見たことがない。それと同時に、会食の席などでは、相手を立てながら、会話を続ける技術もなくては一人前とは言いがたい。

年をとっても少し無理をして生きる

年をとれば、どうしても誰かに頼らざるをえないことが出てきます。なんでも、自分一人で生きられる、というのは傲慢です。そこで難しいのが、自立と頼ることのバランスだと思うんです。

老人といえども他人に依存せず、自分の才覚で自立すべきだ、というのが私の考えですが、私は、人間はみんな少し無理をして生きるものだと思っています。年をとった、身体の調子が悪くなったからといって、何でもやってもらおうというのは、おかしい。

お金を稼がないと生きていけない現実もある。大きな荷物を背負った行商のおばさんは、もう昔の光景ですけどね。やっぱり生活があるから、腰が痛くてもやっていたんです。その程度のことは、人間がやって当たり前でしょう。

みんな少し無理をするべきなんですよ。つらい思いをして、みんな生きているんですから。年をとっても、それは同じだということを知っておいたほうがいい。

始末のなかで捨てるに捨てられないもの

「だるい」という病気と「物を捨てる」病気が続いているわけだ。古い取材ノートを捨てると、気持ちのいい空間ができる。ノートは三戸浜に行った時、焚き火をして焼く。「始末」というのは静かで整ったいい言葉だ。途上国の貧しい人たちは、「始末」しようにもものがない。衣服を纏《まと》った人たちの古い布は、水浴のために川に入ると、その度に少しずつ融けているようでさえある。だから彼らの古着はどれも薄くなっている。

捨てたいのに捨てられないものは、花瓶である。私は花屋から切り花は買わない。庭に咲くものだけを生ける。小さなものは、パンジーから梅の小枝までいくらでもあるし、大きなものの筆頭は、一枝二キロ半にはなるキング・プロテアの、直径二、三十センチはあるピンクの花である。この花は、ノコギリで切らねばならないし、生ける花瓶は重い鉄の塊のような花瓶でなければ、ひっくり返ってしまう。

食材を美味しく食べ切るという技術には愉悦が伴う

昔から作家は本の山に埋もれていて、しかしその中から、どの資料はどの辺にあるか、きちんとわかっている、という通説があった。私個人の体験によると、それは半分本当で、半分嘘である。

目指す必要な資料が、本のページの左か右のどの辺に書かれていた、ということに関する視覚的記憶は意外と鮮明に残っているという人は多い。しかしその本が、この山のどの辺にあったかは、私はなぜか記憶できない。しかもそのうちに加齢の問題が起きてくる。たとえ在り処を覚えていたとしても、目的の本を取り出すのに何冊もの本を取り除かねばならないとなると、体力的にもできなくなることも発見した。だから本は一応内容によって分類しておかねば、欲しい時に役に立たない。

私は冷蔵庫の整理もうまい。我が家の冷蔵庫はいつも、後ろの壁が見えるほどがらがらだ。それだけものがないとも言える。

冷蔵庫の整理がいいのも、私のモノグサな性格が役に立っている。私は少なくとも二個のプラスチック製の縦長の笊を用意しておいて、そこに朝食のパン用のもの、ご飯の時の佃煮類を分けて入れている。笊の一つは朝のパン食専用で、引き出すと食べかけのジャム類、バター、ピックルスの類まで出てくる。海苔の佃煮、葉唐がらしの佃煮、雲丹、塩辛などの瓶を入れてあるのが、ご飯のおかず用の笊である。とにかく目的別に、笊一つ引き出せば、すべて出てくるシステムだ。これを個々に探し出すとなると、かなりの時間がかかる上、庫内の温度も上がってしまう。第一、めんどうくさい。必ず食べ残しや食べ忘れが出て、そのうちに捨てることになる。

私の整理法を真似した若い人はたくさんいた。その度に、私は「モノグサが役に立つこともあるのよ」と言っていた。

整理をするとてきめんに、心理的エネルギーを使わずに済むのがおもしろい。さらにすべての食材を美味しく食べ切るという技術は、なかなか高度の知的スポーツだと勝手に思い込んでいるから、うまくいくと達成感もある。

すべての物質は、お金を含めて、必要なだけ十分にあるのがいいが、それ以上は要らない。

いかに段取りするかですべてが決まる

私の実感では、ぼけ防止に最高のものは、いわゆる掃除、炊事、洗濯などの家事である。なぜかというと、それらの仕事にはすべて「段取り」が必要とされているからだ。

段取りという言葉を、私は土木の仕事をしている時に覚えた。日本語として知ってはいても、これほど人間的で総合的で、そして日常的な知恵を含む表現だとは実感していなかった。昔の工事の現場事務所には必ず手書きの工程表がはってあり、細部は状況によって時々刻々書き足され、書き換えられていたのではないかと思う。今はCIM（コンピューターによる統合生産）と呼ばれるシステムが、あらゆる工程を瞬時に最新のものにしてくれる。

CIMは大きな仕事の流れを決めるにはこの上なく有効だろうが、やや小さな共同作業を編成することになると、見落とす部分が多いだろうと思う。なぜなら、CIMには個人の能力や性癖が計算されていないからである。

家事もまたすべて段取りで決まるというのが私の実感だ。私の場合、家事に一番有効な性格は、私が怠け者である、という点だ。だから美味しいものを作るにも、洗濯をするにも、どうしたら簡単に手抜きをしながら目的を果たせるかを始終考えている。その時私の中では小さなCIMが働いていて、錆《さび》ついてぼけようとするあらゆる機能を動かすような気がする。

人生は終生、できる範囲の労働から離れるのは不自然だ。家事の他にも、し慣れた仕事や、ちょっとした農耕などを続ければ、人は常に肉体と頭脳の使える部分だけを使うようになっている。

健康をいかに保つかを工夫する

昔は、健康管理に役立つ本をかなり読みました。五十歳を過ぎた頃から、漢方や整体、鍼灸、指圧の本など、素人向きから専門家向きのものまで読むようになって、知り得た知識で、自分なりにやってきました。鍼も自分で打てますし、マッサージは天賦の才能だと思うくらい上手です。

最も役に立ったのは、漢方の知識です。膝の痛みなどは、漢方薬で治りました。五十歳くらいの時、膝が腫れて痛むようになり、病院へ行ったら「もうお年ですから仕方がないですね」と言われたのです。母も同じ症状があったので、そうなのだろうと思いましたが、諦めるわけにはいきませんでした。

当時、私は地中海沿岸の文化や聖パウロについての調査をしていました。旅行中は私が炊事担当で、床に広げたスーツケースの中から必要な調理用具を探したり、持参した鮭の缶詰とかインスタントのカレーとかを出したり、残りをきちんと整理しなくてはいけない。ひざまずくことができなくなると、その任務も果たせなくなります。

私は、遠征を続けるために、なんとか膝を治そうと決め、漢方の本で独学しました。自分が低血圧で、血の巡りが悪いという感じがあったので、手始めに血流を促す薬を使ってみたら、三カ月後に何の痛みもなく、膝の屈伸ができるようになっていたんです。

私には、低体温の傾向がありました。体温を上げることが自分の健康を保つ基本だと思っていましたが、お風呂に入っても、お酒を飲んでも上がりません。でも、ここ数年、淋巴《リンパ》マッサージを受けるようになったら、体温が三十六度五分くらいまで上がるようになりました。

淋巴マッサージを受けるようになったのは、脇の下にしこりができたからです。私の体は、いつのまにか淋巴の集まるところがすべて固くしこっていました。おそらく私の職業のせいと、性格の悪さのせいもあるだろうと思います。

書く時は椅子に座ったままですから、働けば働くほど運動不足になります。私は若い時からスポーツをすると必ずと言っていいほど、小さな故障を起こしました。だから運動らしきものは何もせず、こまめに家の中を動き回る程度がいちばん体にいいと思っていたのですが、その結果、私は淋巴の集まる手足の付け根を極端に動かすことが少ない生活を長年続けてしまっていたのかもしれません。

退屈がもたらす輝くような体験

人間にとって退屈というものは実に必要である。退屈すると人間は良からぬことも考えるし、時には崇高なことも考える。少なくとも、退屈紛らしの本は読むようになる。

息子は、セックスに興味を持つようになると、親が何も答えないので百科辞典でその項目を読み、それから、漫画に熱中した。水木しげるさんの初期のものからずっと読んでいて、高校の時には「水木しげる論」を学校新聞の読書レポート欄に書いた。

　孫の読書の習慣をつけたのは息子夫婦だが、彼らは、孫をやはり退屈な場所――たとえば発掘中の遺跡など――子供には大しておもしろくもない土地へごく幼い時から連れて行った。

　それらの土地は、暑かったり、不潔だったり、飛行機が遅れたり、宿が汚かったりした。子供が遊ぶ施設は何もない。息子夫婦は自分の子供に数冊の本を当てがって、「本でも読んでなさい」と言った。

　単純な原理なのである。他におもしろいものがないから、孫は仕方なく本を読む癖がついたのである。

　よその家庭の事情は他人にわかることではないが、本だけは親が読んでいると、子供も真似をして読むようになる例が多い気がする。

　先日、亡くなった夫の父の最後の頃、世話をしてくれた女性がひさしぶりに訪ねて来てくれた。その人が今お世話をしている老人は、目が覚めている限り、いつもカタカタ何か音のするものを鳴らしているという。その音が付き添う者の神経をまいらせる。

「その点、ここのおじいちゃまはよかったですねえ。本を渡すと、二、三時間はページをめくって見ていらっしゃいましたもの」

舅はイタリア語の学者であった。私が最後に舅に買って帰った外国土産も、イタリア語の雑誌だった。もっとも私はイタリア語が読めないのだから、ローマの空港で挿絵で推測していい加減に買ったものである。

炬燵《こたつ》に当たりながら、ずり落ちた眼鏡をかけて雑誌を読む義父に、夫は、

「ジイちゃん、これはどういう意味？」

などと時々イジワルに単語のテストをすることもあった。するとテレビで見ている野球の勝ち負けさえわからなくなっていた舅は、少しごまかしながら、単語の意味だけは言うこともあったが、長い文章を摑むことはできなくなっていた。

しかしそれでも、人生の最後まで活字を離さなかった義父の姿は、私の家らしい光景として、舅からみると曾孫に当たる私の孫にも話してやりたいと思う。本を読む習慣は年とっても始末がいいものだという発見もあった。

今の人たちは、気の毒な点がある。テレビがあり、遊ぶ所がさまざまある。家族でリクリエーションをするのが当たり前だと思っている。子供は退屈する暇がないから、退屈がもたらす輝くような自然な反応を体験することもできない。

夫が息を引き取った日に仕事をする

夫を最後に入院させたのは、強力な酸素吸入の設備がないと、肺炎で保たなかったためで、それまでは、私はずっと夫を家でみていた。考えてみると、ちょうど一年二、三カ月の間になるが、一人の人を、大体は本人の希望の線にそって見送れたことを、私はよかったのだろうと思っている。その間に、私は少し疲れていたことは、夫の死後自覚したが、その時はごく普通の暮らしだった。

私は夫のベッドの傍らで、ライティング・ボードを使って書いたりもした。六十年以上書き続けて来たので、いつのまにか私にとって、書くということは、呼吸をするのと同じようなものになっていた。

早朝に夫が息を引き取ったその夜遅くにも、私は短時間コンピューターに向かい、このような晩にさえ書かねばならないものがあるから、私は平静でいられるのだと思った。人は平静なら書けると言う。私の場合自覚は少し違った。書くことで、私は平静という最低の人間性を保っていられた。

夫が亡くなった後も変わらぬ日常を生きる

私は毎日朱門の声を聞いていた。別に幻聴ではない。ただこういう場合、朱門ならどう言うかと思うと、必ずはっきり答えが聞こえて来るのである。

家族の死後にはするべきことがたくさんある。ご弔問を頂いたお礼とか、支払いとか、頂いたお花を長く保たせることとか、部屋や遺品の後片付けとか、私はそれらのことを、人より早く始めた。多分私があまりセンチメンタルな性格ではなかったからだろう、とも思うが、私は自分の体力を既に信用していなかった。私は脊柱管狭窄症のためか、体中が痛い日もある。できるだけ生活を簡素化して、自分のことだけは、自分でできる生活に早目に切り換える必要があった。

こういう時にどういう生活をすべきか、私にも常識がなかった。私は朱門の死後六日目に仕事を始めた。その時朱門は私の意識の中で、「そんなに仕事を休んでいたって、僕が生き返るか」と言ったのである。

「遊ぶのを止めたって、僕が帰ってくるか」

と声が言った日もある。朱門は家族の誰でも、楽しく時間を過ごすことを目標においていた。だから私は差し当たり食事の手を抜かなかった。特に御馳走を食べたわけではないが、毎日の食事がバランスのいいものであることは、一緒に食事をする秘書の健康にも関わることだった。だから私は庭の小さな畑にホウレンソウなどを蒔いてもらい、それがホウレン木に近くなっても、まだ採り立てを食べるのを目的にしたりしていた。

私は当分の間、朱門が生きていた時と同じ暮らしをするのを朱門が望むような気がしていた。急に生活を派手にしたり、地味にしたりするのではない。以前通りがよさそうだった。

私は「朱門がいた部屋」においてあるお骨壺に、毎晩挨拶して眠ることにした。私らしく荒っぽい挨拶である。写真に向かって手を振って「おやすみ」と言い、お骨の包みを三度軽く叩く。それだけだ。

すると或る日、朱門は「それじゃダメ！」と言った。何が？　私が尋ねると、「三度叩かなかった」と言うのである。それで私は二、三歩後戻りをして、もう一度叩き足して「煩いわねえ」と呟いた。するとそれで朱門は黙った。生きている時と全く同じ呼吸である。

夫のいなくなった空間を二匹の猫が疾走する

私は二〇一七年二月の夫の死後、ひどい疲労感で長い間、半病人のようだった。しかし私はそれを自然なこととして受け止めていた。

人一人の生を見送る、ということはそれほどの大事業でもあるような気がするし、又家族はそれだけの思いをかけてもいいように思う。

私は運命に深く抗わない性格だったが、濁流のように受ける人の生涯の変化は、それなりに厳しいものである、という覚悟もしている。どちらにしても、人は受けるだけの変化は受けるのだ。それに耐えても耐えられなくても、実は同じことなのである。

その結果に対しても、私は自然だった。なすべもない時には流されるのである。そして後で襲って来た泥を除くなり、堤防の高さを上げるなり、あわててことの始末をする。

夫が亡くなった時、私は八十五歳だった。もう作業能力が半人前に落ちても仕方がない年である。しかも私の家には日々の些事を相談する相手もいなかった。息子夫婦は、関西に住んでいるからである。

もっとも残された息子夫婦と私の間には何の問題もなかった。特にケンカもしていないし、財産の争いもしていない。しかし雑事の後片付けは秘書の手を借りて私一人がしなければならなかった。ものを捨てるのだって本当は一仕事である。

ただ私の道楽?の一つにものを捨てることがあったのは幸いだった。時々必要なものまで捨ててしまう。しかし捨てると、家の中の空間が増え、酸素が多くなったような、お風呂に入った後のような、爽快な気分になる。

世の中に「溜め魔」という性格の人もいるらしいのだが、私は「捨て魔」だった。だから私の家の中は見た目にもいつもがらがらである。仲のいい友人が「こういう家は貧乏だと思われる」と言ったこともあるが、私は狭くても家の中を走り廻れると言って威張っている。今は実際に二匹の猫が廊下を疾走している。

人間の私と猫二匹の楽しい毎日

五十歳を過ぎてから親しくなった人もいる。その人たちは皆さん、向こうから私を選んでくださったような気がする。

私がヘンなことを言っても、多少非常識でも、笑ってくださる方たちだから、おつきあいが続いた。疎遠になった方は、私に愛想尽かしをした、ということだ。だから仕方ない。

これからも、できるだけ医療の世話にならず一人で生きる。これが、私の抱負のひとつ。自分で動けるうちは、好きな花を植え、野菜を育て、料理を作り、しっかり食べ、読書をし、体をちゃんと動かしながら、一日一日を過ごしていきたい。

一人の人間の私と猫二匹の楽しい毎日がまたくる。

日常のささやかな贅沢

昔は、お正月に母が律儀に晴れ着を着せた。しかし私は一月一日におろすような新しい服なども持っていない。ただ暮れに、アメリカ系の会社の通信販売でフランネルのシャツの新品を買った。

今着ているものに穴が開いているわけではないが、フランネルはいつ着てもあったかくて肩が凝らなくていいなあ、と思うので、常に新品が欲しいのである。そのうちの一枚をおろす。

こんな日常的な希望が叶えられる生活が、本当は一番贅沢なのだとわかっている。

魂の個性は他人と同化できない唯一無二のもの

個人の尊厳、一人一人の魂の個性は、はっきり言っておくが、この世に二つとないものなのである。それは宿命的に、他人とは決して、同化できない唯一無二のものである。このことはどれだけ強く、明らかにしておいても、しすぎる、ということはない。

それ故に、広場の中にあって、他人と同一体験を分け合っても、人間は決して、精神の総てを同化させた、と思うべきではない。人間の精神は、そんなお手軽なものではない。どんなに同化させようと努力しても、他人と同じになれないところに、むしろあらゆる悲劇は起こっているのである。

これは同じ性格、同じ体質、同じ生活環境を与えられているはずの双生児においてすら、同じ人生を歩けないことを考えて頂ければわかる。別の言い方をすれば、人間は魂を、それほど易々と集団に売り渡してはいけないのである。

人間関係の基本は「永遠の失敗」

凡そ、私たちの悩みの大半が人と人との間のうまくいかない関係にあるのも、それほどに人間というものは複雑で一筋縄ではいかないものだからなのである。一口に言ってしまえば、人間関係のむずかしさは、どのような知恵も、どのような教育でも、解決できるものではない。これだけははっきりしている。身の上相談では、こうすればうまくいく、というような答えをするが、それが解決の手がかりになることは皆無ではないにしてもごく少ない。人間関係の基本は永遠の失敗ということに決まっている。

しかしそれだけにごく稀にうまくいった時の嬉しさは貴重だし、うまくいかなくて当然の苦しみが、私たちの心を柔らかなものにする。

すべての人生はひとと共に始まる

たとえそれが憎悪であっても、人間は人間に感動する。ヒマラヤの絶壁、深い青い湖、花、凄絶《せいぜつ》な動物の闘争などを見て心を動かされるのは、その中に、人間の心理の投影があるからである。ヒマラヤの絶壁は、それそのものとしては、何ら驚くに当たらない。そこに《清純なもの》《死の恐怖》《神々の統《す》べる世界》《詩》などを感じるのは、やはり人間の感情の投影なのである。

私たちの一生は、ひとと共に始まる。子のない人間はいくらでもいるが、どこかに親のない人間はいない。狼少年のような特殊な例は別として、人間とふれ合わずに大きくなる人間はいない。私たちは、無限に、人間によって救われ、人間によって育てられ、人間を傷つけて生きている。

皆どこかで誰かと親しくなるきっかけを待っている

人間が孤独であることを最もよく感じられるのは、むしろ広場においてである。私は、よく外国の町を歩いていて、公園や広場で、一人ずつベンチに座り、決して隣に座った人と深く親しくなろうとしない人びとを見かける。中には、生まれつき、性格がかたくなで、他人と同調できない人もいるだろう。しかし、大ていの人は、心の中では常に誰かと親しくなりたいと思っているのである。

ただ、そのきっかけが摑めない不器用なはにかみ屋もいるし、実際につき合ってみると、自分の意にそわないことだらけなので脅えてしまう人もいるのである。

人間嫌いになる本当の理由

人間嫌いということが、ひと頃、何か知的な精神作用の結果のように、私にも思えた時代があった。

人間嫌いには二種類ある、ということがわかったのは、ずっと後になってからである。

一つは要するに自己中心的で、他人に興味がない場合である。その場合、他人は、風景や、道具や、或る社会システムの一部とみなされ、自分にとって快いものであれば採用するが、そうでなければ、何のためらいもなく追放する、ということになる。

もう一種類の人間嫌いは、自分と相手の意思の疎通が完全に行われないことに関する不安が、その根底になっている。この種の性格の人は、誠実で厳密なのである。

つまり、自分も、きちんと相手にわかってもらいたい。そして相手のことも、理解したい。しかし、それはかなりむずかしいことだということもわかっているから、他人と交渉を持つことが辛くなってきてしまうのである。

私の家の玄関をノックする者は誰もいない

人はみな、自分の力量において生活をし、それを終えなければならない。ソローはそうした森の生活の中の孤独も書いている。

「そこはニューイングランドであると同時に、アジアでもあり、アフリカでもある。いわば、私には太陽と月と星群、それに私自身の小世界が味方している。夜になると、私の家の前を通過する旅人は一人もおらず、ましてや玄関をノックする者はいない。まるで私がこの世の最初にして最後の人間みたいな気がする。ところが春が訪れると、ここかしこに村人がやって来て鯰《なまず》を釣り上げて行く。彼らが素直な気持でウォールデン池で、いわんや魚釣りをするのは、そこが自分の性に合った場所だからであり、暗闇のまま釣針に餌をつけて頑張るが、結局はいつも軽いビクをさげて退散する。彼らがあとに残したものは『この世界は暗闇と私』だけだった。」（ヘンリー・D・ソロー『森の生活』佐渡谷重信訳、講談社学

術文庫）

晩年の目標は、できたらひっそりと生きることにおきたい

私が最近、寝支度をする時、「今日はお風呂をさぼろうかなあ」と思う日があるようになったのは、まさに加齢のせいなのである。しかしその時、放っておけば、私はすぐ入浴をさぼり、ついでに寝間着に着換えることさえ、さぼるようになるのではないか、と思う瞬間がある。だから仕方なく私は自分に抗うように目標を立てる。

なぜ目標を立てるか、というと、その方が私は静かに暮らせるからである。静かに、というのは、乱れず目立たずに生きてやがて死を迎えるためだ。私は晩年の目標を、できたらひっそりと生きることにおきたい、という点にかなり心を惹かれているのをこの頃しみじみと感じる。

老後の暮らしは十人十色、百人百通り

老人になると、自分流の生き方しか認めなくなる人も出てくる。それも困る。老後の暮らしは十人十色、百人百通りなのだ。お互いにその違いに感心し、改めておかしがり、呆れて笑って眺められればいい。若い時には、立派な生き方を見習う必要もあった。しかし老後なら、別に立派でなくていい。殺人や、詐欺や放火など、他人の人生を傷つけたり、その運命の足を引っ張るようなことさえしなければ、たいていの愚かさも許してもらえる。

第4章

心の澱《おり》を捨てる

予想できないことの連続を面白がる

年齢にかかわらず、不幸や不運をただ悲しむだけの人と、面白がれる才能のある人がいるような気がします。思いがけなく、給料が下がったり、人に裏切られたり、そういう単純な不幸も、それから起きるさまざまな人間の葛藤とか、外界の変化とかをじっくり見て、へえ、こんなこともあるのか、と面白がる。それができたら、人生はワンダーフルだと思います。

「ワンダーフル」という英語は「すばらしい」とか「すてき」とか訳されていますが、これは「フル・オブ・ワンダー」、つまり「驚きに満ちている」という意味なんですね。人生がすばらしいのは、予想通りにことが進んだからではなくて、むしろ予想されないことの連続だからこそ、すばらしい。意図しなかったことではあるけれど、それなりに意味があったのだ、ということを発見できたら、その人は、「人生はすばらしい」と言える成功者なんです。

人間の出番は、不精確を生み出すおもしろさにある

精度だけを考えたら人間はとうてい機械に及ばないことくらい、もうとうの昔からわかっていたでしょうにね。人間の出番というのは、むしろ、不精確で、一つ一つ違うことを生み出すおもしろさにあるんですよ。

人間は、自分の大きさの升をそれぞれに持っている

日本には升というものがあります。人間は、自分の大きさの升をそれぞれに持っている、と思うんですね。

自分の升に半分しか入ってなければ、人間、不満なんです。もっと一杯欲しいと思ってしまいます。七、八分目、あるいは九分目に入っているとき、ああよかった、沢山頂いたと思えるようになれば、その人は幸せになれます。

他人と同じ分量の升を持とうとすると、多分、人は不幸になるんです。少食の人のお茶碗は大食の人と同じ大きさは要りませんしね。

また、同じ升でも、大きさの他に、中に入れる中身に対しては自分の好み、あるいは違いがある。私にもけっこう、好みがあるんです。人間はそれを、自分の運命という升に登録しているんです。

自分は特別に人より大きなものが欲しい、二つも三つも升が欲しい、専用の升がなければ、あるいは自分の升には金だけ入れなければ不満と言う人は、大きな勘違いをしていると思うのです。

これでは一生満たされませんから、いつも不幸という実感に苦しめられます。

六十年間の疲れ

だるい理由はわかっているようにも思う。

私は大学卒業以来、約六十四年働いた。病気をしなかったから、一月と休んだことがない。毎日毎日知的作業と肉体労働の双方ですることがあって、どれもあまり嫌なことではなかったから、私は生活とはこんなものだと思い、さしたる充足感も不足感もなしに生きて来た。私の生涯はいつもかなり受け身だったが、実は受け身だとも思わなかった。誰かが生きているということは、どの場合もそんなものだろうと思っていたのだ。

つまり私は疲れて来たのだろう、と思う。六十年間のなし崩しの労働というものは、多分マラソン選手や登山家の疲労とは質が違うのだろうと思う。

それで私は、来る日も来る日も、さぼることにした。幸いにして連載も数本しかないし、高熱があるわけではないから大変快い気分で怠けていられる。本を読み、朝寝、昼寝、夕寝などしたい時に眠り、夜も眠る。ドアは細めに開けておくので、猫の雪も直助も出入り自由だ。直助は私のふとんの足の部分に跳び乗ってそこで眠る。けっこう体重があるからすぐわかる。雪は私の枕の脇に寄り添って眠る。

どんな境遇の中でも味わえるものがある

私には何のいいこともなかった、と言う人もいるかもしれない。しかし、この世で、まったく何のいいこともなかったという人はまれなのである。

どのような境遇の中でも、心を開けば必ず何かしら感動することはある。それを丹念に拾い上げ、味わい、そして多くを望まなければ、これを味わっただけでまあ、生まれないよりはましだった、と思えるものである。

「人並み」ならそれだけで十分

人間は一般に、長寿を果たし穏やかに「畳の上で死にたい」と言う。確かにそれは「死者の始末」としては一番楽な結果だ。多くの人間が「人並みな運命」を希っている。人並みなら文句を言わないから周囲が楽なのだ。

つまり世の中の多くのことは、「面倒が起きずに済めばめでたし、めでたし」なのである。

卑怯な私は他人に対しても「人並みなら、文句を言うことはないでしょう」という姿勢で接して来たし、自分にも「人並みなことをしてもらって何が不服だ」としばしば呟いて来たのである。

風通しのいい暮らし

もっとも六十四歳で勤めを始めてから、私はすべてが速くなった。料理も身じまいも書く速度も、である。しかしその背後には、整理をよくする必要があった。

私は或る時、考古学者と一緒に旅行し、一見、身の廻り一切に非常に無頓着に見えるその人が、毎日毎日、独特の整理方法でカバンの中身を整然としているのにびっくりしたことがある。

私は生活の中で捜しものをする時間を省くために、プラスチックのバスケットを幾つか買って来て、朝のパンの時に必要なもの（チーズ、バター、ジャム、マーマレード、ピーナッツバターなど）を入れた。もう一つのバスケットには、お粥を食べる時のおかずだけを集めた。海苔の佃煮、塩昆布、雲丹、田麩《でんぶ》、中国の腐乳などである。朝、お粥を食べる時には、それを引き出せば、お粥に合いそうなすべてのおかずが無駄なく出て来る。

私は食卓の上に筆立てを一つと大きなマグを一つ置いた。筆立てには、大衆食堂のように家族と秘書たちの使うお箸と取り箸を立てた。マグにはパン食をする時に必要な、小型のスプーンやフォーク、バターナイフ、チーズ・スライサー等を集めた。そうしておけば、忘れ物があっていちいち立って取りに行くこともない。

恐らく十年以上いじったこともなかった納戸も整理した。毛布は前年、カトリック教会で言われて、ホームレスの人たちのために供出したのでかなり減っていたが、今年はさらにブラジルから、出稼ぎに来る家族が二組もあったので、まだ毛の痩せていない程度できちんとドライ・クリーニングに出してあったのを使ってもらうことにした。

納戸はがらがらになった。何という爽快な気分だろう。私は物質的な執着も強い方だが、それと同じくらい空気と空間も好きなことを知った。それは母が昔私に教えていったことが影響していた。

母は私に風通しのいいことは大切だ、とよく教えたものであった。家の外壁の周囲の植木はよく刈り込み、家は必ず十文字に風が抜ける構造に建てなさい、と言った。昔エアコンなどがなかった頃の知恵であろう。

しかし私はエアコン時代でも、同じような気持ちで家を建てていた。西に窓をつけることは、暑いとか家具が陽に焼けるとか言って嫌う人が多い。しかし西窓があると冬の間いつまでも部屋が明るく温かく、老年の鬱病を防いでくれる。北に窓がなければ、南の風も充分に吹き抜けない。

後年私は畑を作る趣味を覚えた時、植物を育てるには四つのものが重要だということを知った。健康で肥沃な土、豊かな太陽、適切な水、そこまでは誰でもわかるが、さらに必要なのは、充分な風通しであった。風通しが悪いと虫害が必ずひどくなった。

旧約の「ヨブ記」の一つの中心的な思想は、「私は裸で母の胎を出た。また裸でかしこに帰ろう」ということである。その背後というか周辺には、現世で使っていたもの、執着したものは何一ついらない、という思い至った人の世を去るにあたっての爽やかな姿勢がある、と私は思う。

人間関係を一面のみでとらえない

友人に関しても本気ではなく仮に、いろいろな姿勢でものを考えることが大切だ、と私は思うことにしている。よくあの人は自分を利用している、とか、あの人は忘恩的だとか言って怒る人がいる。しかし初めから、あの人は自分を利用しようと思っている、いい時だけ利用して後はけろりと世話になったことを忘れる性格なのだ、と思ってしまったらどうだろう。

それでも嬉しいことに或る時、その人が急に思いついたのであっても、曽野綾子は使える、と思ってもらえたのだ。だから私はできることをすればいい。長年の友というものはそういうものだろう。忘恩的ということに関しては、私自身がかなりその傾向を持っている。普段から昔のご恩を忘れずに常にお便りをしようなどと思っても、とてもそういう気力も体力もない。だから人のことは悪く言えない。忘恩的心理状態でいる人は、大体において元気で隆盛な時が多いのだから、こちらとしては相手が順調であることをよかったなあ、とただ喜んでいればいいのだ。病気になったり不幸に見舞われたりすると、人間は必ず長らく繫がりのなかった人まで思い出すものである。

好調の時は自省し、どん底にいる時はこれ以上沈まないと楽観する

私くらい長い間生きてくると、権力や繁栄をまっしぐらに飽きることなく求めるという生活は、必ず後で大きなしっぺ返しを食うことが眼に見えるような気がするのである。人は誰でもささやかな幸福を求めて当然だ。そのためには、ちょ

っとしたぜいたくをしたり、けちな優越感を持っても咎めることはできない。

しかし好調の波に乗っていると思われる時には深く自省し、その幸運を周囲に分け与えて圧を減らすくらいの操作は必要だ。半面、どん底に沈んでいる時には、これ以上沈むことがないという地点は、なんと安定がいいものだろう、と楽観する知恵を持てばいいのである。

どんな人にも感情の出口が必要である

人間、いかなる人物も、心理の底に溜まった感情の捌け口が必要であることを忘れてはいけない。人間の感情もまた下水と同じで、必ず出口を作ってやらないと溜まって、所ならぬ所から溢れ出す。

この感情の捌け口をうまく作るか作らないかが、私たちの精神が解放されているかどうかに結びつくのである。

死んで行く人間が、この世にいる間に出来ること

ひとりひとり何十年かを生き、ひとりひとり死んで行く人間が、この世にいる間に出来ることと言ったら、そのような、はかない、その場限りの優しさを示し合うことではないか。

ものごとを軽く見ることができるかどうか

アリストテレスの『エウデモス倫理学』の中の一節も、しぶとく私の心を捉えて放さなかった。殊に次の一節は決定的だった。

「さらに、ものごとを軽く見ることができるという点が、高邁な人の特徴であるように思われる」

決して私自身が高邁な人物だと言っているのではない。私は一生に一度も「高

邁」という分類に自分を入れたがったことだけはない。私は常に人並みであった。これだって図々しいことかもしれないが、私はそう思うことにしていた。

一切を諦めることで穏やかな気持になる

相手の非を衝いて思いなおさせること。自分の行動の真意を理解させること。自分は相手のことを考えているとわからせること。そうしたことを一切、初めから諦める方が私にとっては、自分の人間性を保ち、穏やかな気持で生きられることを見つけたのである。友達に誤解されることも、身内の誰かと意思が通じないことも、最初から諦めてしまえば、どうということはない。

自分の卑怯さを深く知っておく

現代、私たちに必要なのは、自分がいかにいい人間になるか、ということより、自分がいかに卑怯者であるかを、常に自覚し続けることだろう。

もちろんそれは大してむずかしい行為ではない。少なくとも、私は本能的に簡単に人を裏切ったり、するべき任務から逃げ出したりする自分を知っているし、さらにひどい醜態をさらすことも容易に想像できる。その卑怯な姿が、私の創作の原点と原動力になることも多いのだ。

弱さにおいて人は皆同じという前提に立つ

イエスの言葉を集めた聖書の話も、また、生臭く、あくどく、すさまじい。その中でイエスが衝くのは、他人を批判するお前はいったい、どうなのか、ということである。キリスト教は、人間の弱みを正視する。自分はろくでもないことをしていない、という自信がある人がいたら、出て来て他人を告発してもいいが、そうでなければ人を非難するな、と教えている。

もちろん人間には個体差があり、私よりさまざまな面において優れている人も多いが、私より体力のない人もいる。しかしその差は僅かである。弱みにおいてこそ人間は皆同じ、と言えるので、私はいい人であいつが悪い奴、と思っている限り、解放はないのである。

弱さのなかに強さへの芽が潜んでいる

影を濃く描くことによって、画家は、光の強さを表す。

悪をはっきりと認識した時にのみ、私たちは、人間の極限までの可能性として偉大な善を考える。悪の陰影がないということは、同時に幼児性を意味している。私たちは、どれほどにも、成熟した人間にならなければならない。それには、清流の中にしか身をおかないのではなく、濁流にもまれることであり、自分の手はきれいだと思うことではなく、自分はいつも泥塗れであると思うことであり、自分はいつも強いと自信を持つことではなく、自分の弱さを確認できる勇気を持つことである。

常識に囚われた自分が滑稽に感じられるとき

つい先日、私はアフリカ中央部のある国の一地方に、有名な泥棒の部族がいる、という話を聞いてほんとうに楽しかったのである。その村では、娘を嫁にもらいたいと言ってくる青年がいると、娘の父が彼に泥棒をさせる。どれだけ価値のあるものを盗んでこられるかで、その娘婿の候補者の才覚を推量するのである。

私たちは二〇〇三年の秋、その国を訪問する予定を立てていた。この話によって、私たちの訪問の意義は一段と深みを増し、できればその地方を訪問したいという希望も多くなったのである。しかし調べてみると、そこへ行くには首都から川船で三日遡らねばならない、というので、実現はできなかったのだが、この話を聞くと皆が行きたがった。現大統領も、実はその部族の出身なのだそうだが、さすがに経済省のようなお金を扱う部署には、自分の部族の者を任命していないという。

公金を不正に使うことはしません、と言いながら裏金作りの工作をする日本の政治家と、盗みは男の才覚とする世界は、実はどちらも困るのだが、はっきり盗むと公言するほうが少なくとも陰険ではない。盗みを才能とする世界では、また盗まれないようにする才覚も高く評価されるだろう。日本人は、そのどちらも教育されていないのである。

人の眼に偏りがあるのは自然なこと

昔、生まれつき全盲の人に、「写真と絵はどう違いますか」と訊かれたことがある。これはなかなか重要な質問で、私が返事をためらっていると、夫は答えた。

「写真というのは、こちらが見たくても見たくなくても、そこにあるものを全部写して見せるんです。でも絵は違います。町を描いていても、赤いスカートの娘と、彼女の連れている犬を描きたいんだったら、他のもの、電信柱とか酒屋の店先とかその隣の喫茶店とかは、弱く描いてしまうんです」

人間というものは、むしろ偏りを持って世間を見ることの方が自然なのだろう。公平な眼というものがもしあったら、不気味なのかもしれない。だから人間は個性をもって覚えないのだし、忘れるのだ。

人間は罅《ひび》の入った茶碗に似ている

人間は多かれ少なかれ罅の入った茶碗に似ている、とそういう人々（私もその一人だが）は考える。無理をすると割れてしまう。だから穏やかにやれることだけをやり続けても救済の道には向かっているのだ。

歪みのない人は不気味かもしれない

歪みのない人なんていないんですね。もし完全な中庸だけを取れる人がいたらそれは不気味な人だし、人間的魅力があるとは言えないだろうと思います。一生人間をやっていくということは、この歪みの舵を現世で許される程度にとっていくことなんですから。

自分を生かすために他人の眼から解放される

私たちは情報については、どれほどにも疑い深くなければならない。私自身、おもしろい噂をさんざん立てられた。自分についての情報がこれくらいデタラメなのだから、他人の噂も同じ程度におかしいのだろうと考えて、私はゴシップを全くといっていいほど信じないことにしている。誰も或る人間がなぜそのように生きたか、なぜそんな死に方をしたのかわかることはできない。しかし、そのような他人の眼、他人の噂に、がっちりと自分の進むべき道をおさえられている人もまた、実に多いのである。自分を生かすために、血を流して自分を解放できる人はなかなかいない。しかしそれをしなければ、私はこの世に生きて存在しなかったことに等しいのだ、と私はいつも自分に言い聞かせている。

ウヌボレやナルシシズムは明るい救いである

自分を知る、ということは、どれほどいやなことか。昼間犯してきた自分の愚行を考える時、私もまた時々、自分の部屋に鍵をかけてもまだ居場所がないような思いになることがある。

自分をかなりましだ、と思っている人間に対して、あれはウヌボレだとか、ナルシシズムだとか言って、私たちは非難することがあるが、ウヌボレとナルシシズムは、考えてみれば明るい救いである。

あまりの自分の醜悪さにいたたまれなくなって、死にたくなるほど思いつめるよりも、ウヌボレとナルシシズムは、まだしもかわいげがある。そう思うと、私はしょっている人を憎めない。

私はいろいろな人に対してウラミを持ったことはあるが、しょっている人を本当に憎んだことはなかった。私はそこに、その人の救いの、一つの形を見ていたのかも知れない。

バカにされたと嘆くことはつまらない

バカにされたといって嘆くほど、つまらないことはないような気がする。本当に老齢のために頭がバカになっているなら、バカにされる理由はあるのだし（そういう時に軽蔑の念をあらわに見せる相手のバカさ加減はあるとしても）、バカでもないのにバカにされたのなら、自分はそうではないのだからほっておけばいいだけである。バカにされた、といって怒ったり、相手に文句を言ったりするのは、もしかしたら、逆に老化が来たというはっきりした証拠になっているのかもしれない。

本当の愛は自然発生的なものではない

私たちはしばしば、愛するということが自然発生的な感情の結果であると思っています。でも、そうではないのです。本当の愛は、私がこの人に対してどうあるべきかということをする、そのことが愛なのです。つまり、努力の結果です。あるいは、そこに裏表があってかまわないということです。

卑近な例でいえば、姑と嫁の関係です。いやな姑を持つ嫁がいる。そうすると、あの人の顔も見たくないし、あの人の使ったタオルに触わるのもいやだと言って二本指でつまんだりする。しかしそのままでいいのです。愛するということは、その姑が嫌いなままでいいのです。しかしもし姑が自分の母だとしたらどうするかということを理性で行動することなのです。また反対に、いやなお嫁さんがいたら、その嫁を特に好きにならなくてもいい。ただ、さしあたりその嫁が好きであるのと同じような理性的な行動をとるのです。病気になったら薬を持っていってやるとか、寒かったら暖かい衣服を買ってやるとか、食欲がなかったら好きなものを買ってあげるといったことです。そのうちに、ごく自然に両者の間に、意志的な愛を超えた自然な好意の還流が成り立ちうる関係が発生するかもしれないのです。「理性の愛」とは、そういう関係の源流であり、最後まで残る流れだと思うのです。

愛だけはいくら与えても減ることはない

人は受けている時には、一瞬は満足するが、次の瞬間にはもう不満が残る。もっと多く、もっといいものをもらうことを期待するからだ。しかし自分が人に与える側に立つ時、ほんの少しでも楽しくなる。相手が喜び、感謝し、幸福になれば、それでこちらはさらに満たされる、という不思議さは、心理学のルールとしては基本的なものだろう。

あらゆる物質は、こちらが取れば相手の取り分は減る、というのが原則である。

食料でも空気中の酸素でも日照権でも、すべてこの原則を元に考えられている。しかし愛だけは、この法則を受けない。与えても減らないし、双方が満たされる。

人間の義務として、「喜びなさい」と命令されている

――「喜びなさい。大いに喜びなさい。天には大きな報いがある。あなたがたより前の預言者たちも、同じように迫害されたのである。」（マタイ５・12）

幸いについての一連の言葉の最後の部分です。世の中のことで苦しんで不幸のなかにありながら、「喜びなさい」と言われるのです。ここには「カイレー」というギリシア語が使ってあるのですが、これは躍り上がるように喜ぶことです。そもそも「喜びなさい」などという命令を私たちは聞いたこともありません。私たちは不服を唱え、不満を述べる技術は学校や社会から学びましたが、喜ぶという技術を現代では教えられなかったのです。考えてみると喜びの種を見つける、ということは、私たちの眼力にも、健康にも、謙虚さにもつながっています。あ

なたたちはいろいろなことを見つけて喜びなさい、それがあなたたちの才能であり、義務であり、そして人間であることなんだ、ということです。

与えられた神からの苦しみの形が一番相応しい

私は目が見えにくくなった時、見えないままで生きるより明らかに死を願いました。なぜなら、死んだ瞬間から、私は見えるようになるからです。しかしそれは、私が癌にかかったことがないからでしょう。目が見えていても、生きていられなければ、どういういいことがある、と末期癌の患者はいうでしょう。それぞれ、自分が一番苦しいのです。としたら、自分に与えられた神からの苦しみの形が一番相応しいのだと、受諾するほかはないでしょうね。私はきっと反抗するでしょうが。

苦しかったりする時にしか満たされないこともある

「余裕がないということは、充実感でもありますからね。日本では、余裕がないということは憐れむべきことなんですよ。フランスなんかもっとそうでしょう。しかしそれは余計なおせっかいというもんだ。貧しかったり、苦しかったりする時にしか人間満たされないこともあるんですよ」

親切にすることで相手からも与えられている

私は悲観的な人間だから、人間関係のルールも最低から押さえるのが好きだ。つまり友情でも親子関係でも、与える時は恩に着せずに、趣味として与えるのがいいと思っている。ゆめゆめ、相手に感謝されることだの、報いてくれることだのに期待しない方がいいと思う。なぜならお返しを期待する行為は、本当の愛や友情や親切の結果ではないことは明らかだからである。相手に親切にする時、私たちは親切をさせて頂くのである。なぜなら、親切にするということは一種の喜びだから、喜びを間違いなく受けるのは私たちの方であって、見当違いの親切に困らされるかもしれない相手ではない。

ほんとうに人間を生かすもらいもの

人生のほんとうの多彩さは、人にもたくさん与え、自分もたくさん受けたという実感だと私は思っている。

世間でもらうものの代表はお金かもしれないが、ほんとうに人間を生かすもらいものは、人間の心であり、人間の関わりである。人間がお互いに心を与え合うことの多い生涯を、私は多彩な人生だと規定している。

主体性は苛酷と孤独に耐えて生まれる

主体性は、生ぬるい環境では完成しない。他人と激しくぶつかり、日本風に言うとセッサタクマされ、時にはその主体性のために生命の危険さえも選ぶかどうかの岐路に立たされ、社会はこんなにも不法なものであったかという現実に暗たんとし、自分の意見や物の考えなどというものがほんの身近なものにさえ理解されない場合も多いという苛酷さと孤独に耐えて、初めてできるものなのである。

生きることは常に誰かに迷惑をかける

生きることは、すなわち誰かに迷惑をかける要素を持つということを、私たちははっきり認識すべきであろう。もちろん同時に、その人は別の部分で社会の役にも立っている。別の言い方をすれば、我々は社会から恩恵も受けるが被害も受けるようになっている。恩恵だけ受けて被害は受けない社会など、まず出現することはあり得ないということを、子供たちに早くから叩きこむべきである。そして、人間は受けた恩恵は忘れがちで、被害のみを長く強く覚えるものだという心理のからくりも教えねばならないと私は思うのである。

過小評価も過大評価も等分にある

過小評価されるということは、過大評価されることもあるということで、そのどちらにも抵抗力がついていなければ、私たちは自分を見失わずにいることが不可能なのです。

世の中がぎくしゃくする理由

世の中でお互いがぎくしゃくするのは、誠実で完全を望む人たちが揃っているからだと私は思っている。どうなったって、自分の知ったことかと思っていれば、何が起ころうと腹もたたずに済む。

勇者にも卑怯者にも都合がいい場所

都会は自由な大海である。広大な砂漠である。一人で気儘《きまま》に旅をすることも可能なら、こっそりとどこかへ逃げ出したり隠れたりすることもできる。勇者にも卑怯者にも都合がいい。

係わりを持たなければ、相手はよく思える

私たちは係りなくいられる時だけ、無条件で相手をいいと思えるのである。係わりを持てば、当然相手の実態が見えて来ます。

一見損な役回りを買って出られる人の魅力

私はこの頃、中年になったら、個人的な生活でも、勤め先でも、一見損な役回りを買って出られる人ほど、魅力があるように思うようになった。皆がそれを利用してできないほどの仕事を押しつける、というような結果になってはいけないのだが、親でも、結婚しない兄弟でもいいのだが、その老後を引き受け、財産の相続にはそれほど執着しない、というような人がいたら、それは、実際にその人の実力――優しさや、運命をおおらかに受け入れる気力――を表している場合が多いから、深い尊敬を覚えるのである。

身内の人々には文句なしに尽くした方が、その人は後で気分がいいのだろうと思う。親に何も尽くさなかった人は、見ていてもぎすぎすした生活を送っているように見えることが多い。

親と最後までできる限り付き合って来た人には、その点、運命の自然な恩寵をのである。

感じることがある。やるべきことをやった人、というのは、後半生がさわやかな

生活と死は連綿として続いている

イタリアで聞いた話だが、ある田舎の村に田舎風の一人のカトリックの司祭がいた。つまり、ギリシャ語で聖書を読むことに慣れていたり、神学の深い原典を見極めたりすることはあまりしない村の神父である。その人は暇さえあれば祭壇の近くで祈り、ときにはうたた寝までしていた。

「神父さん、寝るならベッドに行ったほうがいいんじゃないですか」と近くの人が言うと、「神様の近くで寝るほうが安心なんだ」と答えていたらしい。

田舎のことだから、人々は朝に夕に教会に立ち寄って祈った。このようなお参りを私たちは聖体訪問というのだが、そこで願い事やら感謝やらを神様に囁いていくのである。恋人と結ばれたい、豚がたくさん子供を産みますように、こんな

に雨が降らないのでは心配だからなんとかして雨を降らせてください、というようなことであったろう。あるいは、神父に直接、うちの女房は根性が悪くて私にこんなひどいことを言う、と訴えに寄る男もいたはずである。

この神父は夕方になると、祭壇の前で、今日人々から相談を受けたことを全部小さな声に出して神様に報告するのが習慣だった。それをまた村人たちが聞きに来るというのである。俺の言った話を忘れずに神様に話してくれたか、心配なのである。そこにはプライバシーの侵害だの、家庭の秘密だのというものは一切ない。神様はすべてお見通しで、さらにこちらから報告したいことがあれば、神父を通してそれを聞くべきだという感じである。もちろんこの神父はすでに亡くなっていると思うが、私はこの話が大好きだった。人間の生活と死というものは、このようにしてごく小さな世界でつながりながら、連綿として続いていくのが一番穏やかなような気がするのである。

空港使用料を払うお金がなくても出国を認めたある計らい

シスターはもう長い間アフリカで働いているので、日本の事情もよくわからなくなりかけていた。休暇で一時帰国した時、送って来てくれた修道院の「姉妹（修道院内部の言葉＝仲間の修道女のこと）」に成田で別れを告げ、一人で出国手続きをしようとして、空港使用料として二千円が必要なのに気づいた。

「でも私は払いませんでしたよ。お金がなかったから」シスター・黒田はこともなげである。「へえ。お金がない、とおっしゃったんですか」「ええ、そう言ったら、向こうは『じゃ、いいです』って言いましたよ」

どなただか知らないが、私は心からこの時の成田の係官にお礼を申しあげたい。私には内部の事情はわからないが、この方は少なくとも、よくものの見えた方だ。この方はまずシスターがほんとうにお金など持たずに生きていることを見抜いた。もしかすると、身内に修道女がいる方だったかもしれない。それで自分が立て替えた、というあたりが日本的常識であろう。

しかし人道や信仰のために働いている人に対しては、こうやって眼をつぶるのが、むしろ世界的なやり方だということを日本人はあまりにも知らない。「慈悲よりも規則」などという理論は、世界的にあまり通用していない。

泥だらけの宝石のような心情

私の意識の中で、アラブ人という存在は現実的で、いつも「バクシーシ（お心付け）」を期待する人種であった。

或る年、私は何台かの車椅子の障害者の人たちを含むグループでエルサレムに行くことになった。

エルサレムでは当然「十字架の道行」と称して、イエスが最後に十字架を担いで登ったカルワリオの丘まで旧市街の細い道を祈りながら辿ることになる。私はいつも祈ることより、同行の車椅子が動いているか、巡礼の人たちが掏摸《すり》に遭わないか、というような俗事にばかり気を取られていたが、そんなに気を使っていても、カルワリオの丘の上にあるだだっ広い「聖墳墓教会」の中で、私自身がその一人であった一台の車椅子の他の担ぎ手と、離れ離れになってしまった。

車椅子は男性が一人いれば三人で階段や坂道も動かせるが、女性ばかりだと担ぎ手として五人を用意しなければならないこともある。教会の帰路は登りの階段を何十段も上がったところの広い道で、バスが待っているのだが、そこまで辿り着くのに、女性二人だけではどうしても車輪を持ち上げる力が足りない。

私は仕方なく教会を出たところで、例の「一ドル少年」の一人を見つけて、手真似半分で車椅子の片側を引いてくれないかと頼んだ。

少年は私の説明も聞かず、いきなり車椅子の片側を持って引き始めた。体を前に倒し、全力を挙げている。その姿は、初めから彼がその仕事を引き受けた人員のようだった。

バスのいる広場までの間に、数十段の階段があった。私は偶然傍を並んで歩いている同じグループの女性に頼んだ。

「すみません、三ドルほど拝借できませんか。この子を返す時にやりたいのですが、今、私の手が空きませんので」

「よろしいですよ。今出しておきます」

実は私には、バスの広場のすぐ近くの地点にどこで辿りつくのか全く分からなかった。しかし少年は、或る所まで来ると、突然車椅子の片側を担ぐ手を離し、飛鳥のように元来た道を走って帰ろうとした。それを留めるのに、私は慌てた。せっかくお駄賃を用意したのに、渡せないのは困る。私が叫んだので少年は立ち止まり、私の手から紙幣を受け取ると、それこそ改めて飛ぶように姿を消した。

私は誤解していたのであった。何をするにも計算高く「バクシーシ」なしには何もしないだろうと思われたアラブの少年は、障害者には無償で仕えて当然、と知っていたのである。それがアラブの掟であった。私は車椅子の人と共に旅をしたからこそ、この泥だらけの宝石のような心情を見せてもらえたのである。

現世で正確に因果応報があったら、それは商行為と同じ

その人が幸運をつかんだからと言って、必ずしもその人が善人だとか、正しい人だとかいうことはない。因果関係は少しはあるかもしれないが、完全に作動してはいない。反対にその人が悪運に見舞われたからと言っても、その人が罰を受けているわけではないのだ。

勝負に勝っても負けても、それはその人の生き方の正しさや不正の結果ではない。

関係は皆無ではないかもしれないが、運命はそれよりもっと深く見えざる手で導かれている。

現世で正確に因果応報があったら、それは自動販売機と同じである。いいことをした分だけいい結果を受けるのだったら、商行為と同じことだ。

仕事は未完で終わっていい

すべての仕事は眼についたところからちょぼちょぼやればいいのだ。そして未完で終わればいいのだ、と私は密かに思っている。神のごとき公平な判断とか、すべての仕事を完璧にやりおえて死ぬことなど、私たち人間にはできることではない。

ほんのちょっと考えを変えればいいだけなのに

人間の幸福は、究極のところでは決してお金では完全に解決しない。人間を最終的に充たすものは、あらゆる矛盾に満ちた複雑な人間の要素なのである。

しかしそれ以前に、お金で解決できる部分はある。

昔知人に、嫁が何もしてくれない、と文句ばかり言っている女性がいた。中年を過ぎかけた頃から、その人は膝が悪くなって、外出するときには荷物の重さが身に応える、と言っていた。嫁は最近、自動車の免許を取った。それなのに、決して「お姑さま、お送りしましょうか」とは言わない、というのが、不満の原因なのである。

私からみると、お嫁さんは家庭教師のようなことをしていて、専業主婦とは言いがたい。結構忙しいのである。だから姑の外出の時間に合わせて、自家用車の運転手を務めるということもなかなかできない。一方、姑はかなり倹約家で、少々の小金もある人なのに、膝が痛くて荷物が持てないのならタクシーに乗るということを決してしない。

外出の時、いささかのお金を払って、いつでも誰でも頼めるタクシーに乗りさえすれば、痛みに耐えたり、そのために気持ちの平静を失うこともなくて済む。その結果、家族が対立して憎しみの心を持つこともなく、楽しいことだけに心を使っていられる。こんな方法があるとは、何とありがたいことだろう、と思えばいいのに、この一家は不満だらけである。

おかしなとり合わせであることに夫婦のツボがある

夫婦のとり合わせは唯一無二である。これはもう比較にならない。家庭の事情とはよく言ったものだ。まさに家庭は一軒一軒独立している。だから考えようによっては、自分たち夫婦もおかしいし、よその夫婦もおかしい。

クラス会があった。昔から美人で、グループのボスだったチャーミングなUさんが大きな声で喋っている。

「うちの主人たら酔っぱらって帰ってきて、私の顔をみると、《ユリコさん、金だらい》だって（彼女の本名は京子さんである）。私、ハラが立ったから、《私、キョウコですよ。ユリコじゃありませんよ》ってどなってやったのよ。ほんとに男っていい気なものよねえ。それに何よ、洗面器とでもいえばいいのに、金ダライとくるんだから」

これでUさんのご主人の《ユリコさん、金だらい》のエピソードは、一躍有名になったのだが、この賢明な奥さんは、いい御機嫌で帰ってきた旦那さまから、こうして一本とっておき、しかも、それを決して陰湿なものにせずに、上手に使っているのである。

こうなればもうU家では、ユリ子さんというのがネオンの町の象徴的な呼び方になり、

「ユリ子さんとこなんかに、いつまでもいちゃだめよ」

と言えばご主人のお酒には、なんとなくおかしみのこめられたブレーキさえかかる。

どこの家にも、ユリ子さんはいるべきなのだ。ユリ子さんは、いわば夫婦の弱点の代名詞である。それを庇《かば》いながら生活をたてて行く。

常なく変化して止まない夫婦の関係

私の昔知っていたある夫人は、気むずかしい夫のために、彼女の言葉によれば、

地獄のような苦しみを味わった。いつ夫に叱られるかと恐れつづけたために、ハゲになってしまったこともあった。ついに耐えきれなくてこの状態から逃れたあと、彼女は苦労して子供を育て、やがて、息子夫婦は外国へ駐在員として移り住んだ。彼女は一人きりになってみると、淋しさが身にしみるようになった。

何げなく歩いている夫婦を見ても、あの人たちは二人だからいい、と思う。その息子という人の話によれば、かつて離婚しなかった頃の母は、ひたすら自由に憧れていた。しかし、一人になってしまえば、自分がやっとの思いで得た幸福はただ、不満の種になるだけであった。

憎しみさえも、時には淋しさよりいいということになるのだろうか。このへんのところを、人間はあらかじめ予測することは不可能なのであろうか。

望んで離婚して一人になったのなら、年とった夫婦を見ても、「ああ、あのひとは、年とってまだ夫の面倒をみてる。大変だなあ。その点、私は何と楽だろう」と思えなければ意味がないのである。

夫と死別した人もそうである。他人を悪く、自分をよく思え、というのではないが、一人には一人のよさがあることを考えねばならない。

その反対に、昔、仲がよかった夫婦で、夫のほうが、脚が不自由になった人がいた。夫は大男であった。お手洗いの介抱をするにも、容易ではない。老夫人は小柄な人であったが、しだいに看病するのを、こぼすようになった。早く死んでくれたほうがいい、と口に出して言ったわけではなかったが、そうとしか聞こえないような言葉を口にするようになった。

人間は弱いものだから、自分を庇護してくれていた間だけ感謝し、自分のお荷物になると憎むようになることもあるかもしれないけれど、昔、仲のよかった夫婦なら、相手に対する感謝の思いを示すためにも、優しく労り続けるべきではないかと思う。そうでなければ……あまりにも侘しい。

夫婦の老化を計る目安となるもの

夫婦というものは、一人ずつ切り離しても、生きられねばならない。人間は本来は生活能力において、無能より有能でなければならないのである。夫婦が補い合って行くということが、美徳のように言われ、事実、人間はいくら訓練してもうまくならないということが多いから、現実問題としては、どちらか、ややうまい方が、下手の方の代わりをするということはよくあるが、しかし理想はあくまで、人間は一人でも暮らせることである。そうでないところに、妻を家政婦とみたり、夫を月給運搬人と扱ったりする空気が生まれる。そして、無能過ぎる配偶者という名の同居人が、結婚生活という名の共同生活の重荷になることは実に多いのである。

舅と姑の場合、もう一つ、老いの徴候は、舅のほうが、お喋りでなくなったことであった。お喋りというものは、たしかに社会的悪なことも多いが、最近分かったのは、喋ることがあるというのは、確実に精神生活の活力の度合いを示しているということである。

私たちは一定の年までは、社会との繋がりが深いから、外へ出て、多くのことを見聞きする。すると、驚いたり、学んだり、あきれたり、反省したりして、それを家に帰って家族に喋るということになる。しかし、年を取って夫婦とも家にこもりっきりになると、夫婦は次第に話すことがなくなる。これは、夫婦の老化の度合いを示す目安としてわりとはっきりしているように思う。

妻が「最高の料理人」になる時

たまの外食は女性にとって嬉しい。たとえファミレスと呼ばれる慎ましやかな店でも、坐ればアイスウォーターが運ばれてくる。そして何を食べようか選ぶだけで心が弾み、夫のオーダーしたお皿から一切れ取って味わうこともできる。

そんなことで、心が和らぐのだから、月に一、二回、どこでもいいから外食の日を決めればいいのにと私は思う。その時はお財布を妻に預ける。高い店で高いものを取ろうが、妻の勝手だ。

外食の効用は、食べ終わってその店を出る時にある。

おいしくてよかった、と思う時もあるが、50％くらいの確率で、値段の割に大した料理ではなかった、と思う。この失望感も大切なのだ。
その時、妻はその家庭にとって「最高の料理人」になるのだから。

家庭料理は精妙なプロセスで成り立っている

私が家でちゃんとご飯を作るようになったのは、五〇歳を過ぎてからですけど、今でもこれだけは絶対に手を抜かない。家にいれば、大体自分で料理する。メニューを考えるのは面倒なので、すごく荒っぽくて、一食を魚、一食を肉にしています。これも、いい加減に考えるのがいい。

一種の思い込みかもしれませんが、家で作った食事というのは、何か魔力のような大きな力が潜んでいると思うんです。栄養学的には、ちゃんと栄養士さんが計算したもののほうがいいのかもしれません。でも、家で作った食事には、「今日はイワシが安かったから買ってきた」とか、食卓に上るまでのさまざまな経過がある。

その中に、それぞれの家の個別的な意味があると思うし、それが夫婦の会話にもつながる。だから食いしん坊も手伝って、食事だけは一生懸命にやりましたね。

「これくらい我慢しよう」が、夫婦でいるコツ

「これくらい我慢しよう」というのが、夫婦の愛情ですね。そのくらいがいいんです、お互いに。無理しなくてもいいんですよ。いい加減に、相手の目をくらましながら生きていくのが、私は好きですね。そのほうが楽しいですから。

寛大さは必要です。寛大さがなかったら、夫婦生活、結婚生活は地獄になります。いちいち目くじらを立てて、すぐに怒ったりして。

思う通りにいかないことを笑って楽しむような空気がないと、いたたまれないでしょう。

ケンカはお茶の時間か夕飯まで

私はだらだらと不愉快なことで後を引かない。どんなに腹が立っても、ケンカはお茶の時間か夕飯まで。ご飯は大切なものですから、聖域として楽しくしないといけない。

それと、不満や不平、ケンカの原因は相手にちゃんと言う。それこそ、どうしてふくれっ面をしているのか、知らせないのは陰険でしょう。私はとにかく、陰険は嫌いなんです。だから、私は今、このようなことについて怒っている、ということははっきり言うことにしたんです。できるだけ、簡潔に。それをあちら様がどうお取りになろうが、知ったこっちゃないんだけど（笑）。

第5章

すべては永遠の流れに

自分が地球で占めている場所はあまりにも小さい

病気や苦しみが、人間をふくよかなものにするというケースはよくあるのだが、それはその時今まで自信に満ちていた人も、信じられないほど謙虚になるからである。そして謙虚さというものは、その人が健康と順境を与えられていた時には身につけることがなかなかむずかしい、かぐわしいものなのである。

その時、その人の視野は、一挙に飛躍的に拡がる。その時、初めてその人は自分がこの地球上で生きる間に占めていた地点が、どれほどの小さなものだったかを知るようになる。庶民だから小さな点ではないのである。皇帝でも大統領でも、どの人がいなくなっても、この地球はまったく困らない。常に代わりがいる。

神様がいると感じたことが、二度ある

たしかに神さまはいらっしゃる、と思ったことが二度ありました。

一度は、私がアフリカのマダガスカルで、賭けをした時のことです。一九八三年のことですが、私は新聞の連載小説『時の止まった赤ん坊』の取材をするために、アンツィラベという土地で修道会が運営しているアベ・マリア産院に三週間滞在しました。その帰り、首都のアンタナナリボのホテルに泊まった最後の夜、マダガスカルに駐在する商社マンに誘われて、ホテルの最上階にあるカジノへ出かけたのです。

私は博打は好きではありません。でも、私が書こうとしている主人公を生かすためには、カジノもまた場として必要になるかもしれないからと、同行しました。そして私はエレベーターの中で、その人に言ったのです。

「もし、これで大金を儲けたら、そっくりそのまま、あの貧しいシスターたちに

あげることにしましょう」

　賭け金の上限も決められているしょぼくれたカジノで、ケチな私は百ドルだけチップを買いました。ルーレットは一台しかやっていなかったのですが、座る席も気になりませんでした。私は同行者にチップを張ってもらうことにしました。

「早くすって帰って寝よう」と、私は考えていましたが、ルーレットを見つめて、光っているように見えた数字に二度張ったら、二度とも当たったのです。その時、「敬虔なクリスチャン」ではない私は、神さまは博打場にもいらっしゃるのだ、と思ったんですね。

　けちな賭場だったので、儲けも四万円くらいとわずかでしたが、私は神さまと約束した通り、儲けをすべてアベ・マリア産院に寄付しました。それが、私たちが海外邦人宣教者活動援助後援会（ＪＯＭＡＳ）を始める元になったのです。

　もう一度、神様の存在を確信したのは、そのＪＯＭＡＳに、ある女性から寄付をいただいた時でした。一人で立派に看護師として生きてきた方でしたが、私たちの会に遺産を譲りたいという遺言を残してくれたのです。私たちは、お金を受け取る時は決して一人で受け取らないという掟を作っていますので、ＪＯＭＡＳの会議を開いた時にいただきたい、とその女性の三人の遺言執行人にお願いしました。

私は運営委員会を早く開きたかったのですが、ちょうど夏休みでメンバーがなかなか集まりません。どうにか会議ができたのは九月半ばで、遺言執行人の三人にも来ていただきました。そこで初めて、遺産は定期預金で、四百五十三万円余りあるということを知りました。さらに驚いたのは、満期になるのが、その前日だったのです。背中に寒いものが走りました。その時も、私は神さまの介在を感じずにはいられませんでした。

ふとした出会いが一生を決めたりする

私はキリスト教の学校へ通ったおかげで、何人ものシスターと出会い、親しくおつき合いすることができました。どの人も、元々は普通の生活をしていたのが、ある時シスターという道を選んだんです。

そのなかの一人に、「なぜこの道に一生を捧げようと思ったの？」と尋ねたことがありました。すると答えは、「だって仕方ないのよ、会っちゃったんだもの」でした。

「誰と？」「だから神さまとよ」「どこで？」「街角でよ」。そんなこと、信じられます？

シスターと言えば、清楚でもの静かな女性を思い浮かべるかもしれませんが、彼女は、おっちょこちょいでガラッパチで大食いです（笑）。日本には「横町の金棒引き」という言葉があって、井戸端会議でチャキチャキとしゃべり散らすようなおばさんのことなんですが、まさにそういう楽しい生活。素晴らしいシスターというのは、案外こういう人が多いんです。

その彼女が、「神さまと会ったのだから仕方ない」とさらりとご自分の一生を決められた。そんな話を聞くと、私は思うんです。意識するしないにかかわらず、人は誰でも神との出会いに似た「何か」に突き動かされ、今の人生を選んでいるんじゃないかと。そんな神がかった話でなくても、ちょっとしたきっかけで、自分に合った天職に巡り合った人も大勢いるでしょう。

「想定外」と「知らないこと」で人生は満ちている

人生には常に想定外のことがあるものだ、と私は思っている。少なくとも私の今までの生涯は、日常の小さなことまで入れると「想定外」の連続であった。い い方に「想定外」だったこともある。しかし悪い方の「想定外」もずっしりと重くのしかかってきた。世間の人も、私と同じようなものではないかと思う。

もっとも私は最初から想定をしないこともあった。世間の秀才の男性たちは、ほとんどあらゆることを知っているように見えることに、私はいつも驚いていた。知らない、という言葉自体を使えないように見える人もいて、内心「不自由だろうな」と思っていた。

科学がどんなに進歩しても、人は「わからなさ」の中で生きる

ユダヤ人は、昔も今も律法を守り、厳しい戒律によって暮らしている。彼らは今でもなお旧約聖書の「出エジプト記」に出てくる「あなたは子山羊をその母の乳で煮てはならない」という戒律を守って、肉とバターを決して同じ食卓には載せない。肉料理の出る食事では、パンはバターなしである。それは子山羊を早く殺すことによって、その母からとり上げると、母山羊の乳が出なくなるからだ、という功利的な説明もある。しかしなぜ豚肉や兎肉を食べることが、それが「申命記」や「レビ記」などで不浄なものとして禁止されているからと言って、今もなお彼らは食べないでいるのか。

私はその点について、ユダヤ教の長老に質問し、非常に卓抜な答えを得た。

「我々は、現在、この地球上で起きていることの殆どを人知で解明できるように思っています。しかし前世紀には、飛行機も、テレビも、原子爆弾も私たちの生

活にはなかった。その時には我々は、それらのものに対して全く考える能力を持っていなかったのです。

今もなお、我々は想像もできない未来の手前にいるのです。今わからないことも、数百年先にはわかるかも知れない。それまではとりあえず、わからないことでも、それが神の命令とあれば守っておくのです」

堂々、黙々と運命に流されることの美しさ

大きな運命にいたっては、人間は何ひとつ、自分で決めた訳ではない。私たちが、二十世紀の終わりに、日本人として、それぞれの家庭に生まれ合わせたこと、どれひとつとってみても私の意志ではなかった。私たちはその運命を謙虚に受けるほかはない。

自然に流されること。それが私の美意識なのである。なぜなら、人間は死ぬ以上、流されることが自然なのだ。けちな抵抗をするより、堂々とそして黙々と周

囲の人間や、時勢に流されなければならない。

同じ家庭内の仕事だけに留まっているにしても、そう思えば本当は孤独でなどありようはないのだ。なぜならその人は、そのように生きることを神から命じられているからだ。そしてその人の行為は、誰からもホメられなくとも、それは単独に、そのことじたい、立派に完結して輝いている。自分の行為を、他の人によって評価されねば安心できない人は、そこでいつもじたばたすることになるのだ。

こうあらねばならない、という生活はしない

私は、今や、こうあらねばならない、という生活はしないことにしている。こうしたい、ということだけをひたすらするようにしているのだ。それが晩年の誠実というものかもしれない、と思っている。あと何年も生きる訳ではないのだし、現在の私はすでに他人に大きな損害を与えるような罪を犯す力もない。

月日というものは、過ぎ去ると、ほとんど意味を持たなくなる。今年も三月三

日は気がつかないうちに過ぎていた。昔は、「今年も早めにお雛さまを出そう」、というような意識や会話が家族の中であった。それはお雛様が、生きている人のような存在だったからである。

しわやしみに刻まれた人間の深さ

まだ新カナなどという制度がなくて、漢字は複雑に書き分けねばならなかった私の幼い頃、人相上の見た目・外観のことは「縹緻《きりょう》」と書き、「器量」などと書くと母に怒られたような気がする。「縹緻」はあくまで外見のことで、その人の人間的な器の総体、つまり才能や徳のあるなしは含まれていない。キリョウを一律に「器量」と書くようになってから、人間の浅薄な外見と、内容の深さや重さを区別して考える習慣もなくなってしまった。

もっとも人間はその生きてきた歴史を顔に刻むもので、年を取るに従ってしわやしみは増えるが、総じて外見は感じのいい人物になっている例が多いのは、やはり内容が増えるからであろう。

一生に一度だけお会いした

私は、思いもかけなかったところでいただく縁を、非常に大事にしてきたような気がする。どこでも、誰とでも、会話を交わした。少し差別もした。偉い人には、あまり近づかないようにしたのも一種の差別だ。

話を交わしたほとんどの人は、過ぎ去った。水のごとく過ぎ去るのが常道である。それを悲しいとは思わない。「一期一会」。一生に一度だけお会いしたのだと思う。

青い空に夫の声や視線を感じる

ふと青い空に夫の視線を感じることや、夫の声が聞こえると思う時がある。もちろん幻視でも幻聴でもないのだけど。

もし本当に青い空から夫が私を見ているとすれば、それまでと変わらない生活をした方が夫も安心する。だから、今までと変わらない生活を送ることにしている。

生きている限り、人間は常に些事に追われないといけない。私の場合、料理をすることで日常を保つことができているのである。

「昔のまま同じ所で暮らしております」

物にも命があるように思えて、いとおしいのである。しかも物と比べたら、人間関係は比べものにならないほど大切だ。秘書たちは二十代から勤めてくれているので、娘（私にはいないが）とより長いつきあいになっている。

ご飯も作ってくれるイウカさんは、ブラジル生まれで、いわゆる日系ブラジル人である。ご両親も亡くなっていて、日本には妹さんしかいなかった。その妹さんも最近突然亡くなった。秘書と私はそのお葬式に参列した。私はますますイウカさんは、私たちの家族だと感じたし、彼女にとって、もううちが我が家のはずだろう、と一方的に思う面もあった。

家族には先天的な構成要因もあるが、後天的にそうなる運命のものもある。結婚や養子縁組などが、それに当たるだろう。後者の結びつきの方が強く重いものが多いので、私は不思議な気がしていた。

少なくとも、私は現実主義者だった。過去はどうでもいい。未来もよくわからない。しかし今日の現実が優しく感じられればいい。

だから少なくとも、表向き、我が家では何も変わらなかった。私は以前と同じ生活を始めていた。久しぶりに電話をかけてくれる知人の中には、「今、どちらにお住まいです?」と聞いてくれる人もあって、初め私はその言葉の意味がわからなかったが、「昔のまま同じ所で暮らしております」と言うと、たいていの人は喜んでくれた。

作家の家の猫は、毛皮も貧相、目つきも悪い捨て猫が似つかわしい

私以上に仔猫の直助をかわいがってくれたのは、もう十五年も我が家に住み込み、実質的な主婦の働きをしてくれているイウカさんという女性だった。彼女はブラジル生まれだったが、縁あって我が家に来てくれてからは「半分主婦」の私以上に家事全体の差配をしてくれていた。

夜になるとイウカさんは、テレビを見ながら、或いはただ直助のお母さんになることだけに集中して、三十分かそれ以上、直助をしっかり抱いていてくれた。するとと直助は、そこで「おっぱいもみもみ」の動作をする。胸にしがみついて、小さな両手で交互に、抱かれている胸を踏むのである。

この幼い猫独特の動作については各国で諸説あるようだ。イタリアでは「パスタこねこね」という人（地方）もあるらしい。直助はほんとうに小さい時に、売られるために親と引き離されたので、お母さんのお乳恋しさにこういう動作をす

るのだという解釈は、どうも人間の勝手な感情移入らしい。

直助は、「スコティッシュ・フォールド」という種である。前にも書いたかもしれないが、私は猫を飼おうとした時、血統書つきの仔猫などほしい、とは全く思わなかった。

人にもその所有物にも、自ずから格と釣り合いというものがある。有名な美人女優は、血統のいい、見るからに豪華な毛並みの猫を抱いた方が釣り合っている。しかし作家の家の猫は……どうでもいい。捨て猫あがりの雑種で、毛皮も貧相なら、目つきも悪いという猫の方が、むしろ似つかわしい。

人間同士の距離がもたらす意味

距離というものは、どれほど偉大な意味を持つことか。離れていさえすれば、私たちは大抵のことから深く傷つけられることはない。これは手品師の手品みたいに素晴らしい解決策だ。そしてまた私たちには、いや、少なくとも私には、遠ざかって離れていれば、年月と共に、その人のことはよく思われてくるという錯覚の増殖がある。不思議なことだ。離れて没交渉でいるのに、どんどんその人に対する憎悪が増えてくる、ということだけはまだ体験したことがない。

辛さと格闘してもなんにもならない

すべてが混沌の中にあり、焦っても仕方がないから、のんべんだらりと浮き身になって抵抗しない癖がつく。悪あがきするから沈むもので、浮き身の姿勢でどうやら生きていれば、まあ考える余地もあれば空の青さも眺められる、というものである。

ゆっくり変化していくのをじっくり待つ

物事を改変するには、おもしろいことに必ずある程度の時間がかかる。その時間は、一見無駄なように思えるが、決してそうではない。もし或る人間が或る状況を良くしようと思うなら、その人はこの時間に対して逆らわずに待つということができなければ、その資格に欠けるのである。

若い頃、待つということは、私にとっても妥協に思えた。右顧左眄《うこさべん》して、当事者の心を忖度《そんたく》しすぎているようでは、何の改革もできないと思っていた。それは勇気に欠けるようにも見えたのである。

しかし大ていの人間は、急速な変化を好みもしないし、また事実、心理的にも肉体的にもそれについていけないのである。

才能のあるなしを含め、運命をそのまま受容するといい

人は運命をそのまま受容すべきなのだ。名前どころか、病気や、才能のあるなしまで、受け入れ、それをすべて自分の属性として勇気をもって使うべきだ。

心をあげよ！

私は本当にあなた方にいいたいのです《スルスム・コルダ（心をあげよ）！》と。なぜなら、私たちは一度しか人生を送らないのですから。二度はないのですから。

私たちは運命という当直を交替で務めている

力のある人のことは、ほっておいてもいい。私たちが心を向けるべきは、むしろ、現在、力を失っている不遇の中にある人たちなのである。

私たちは、まるで運命という当直を、交替で務めているようなものだから、現在、輝いている人とそうでないものとの間には、何ら本質的な差はないのである。

何一つ確実でない世界で一つだけ確かなこと

ある雑誌にエッセイを連載していて、その中で、「老・病・死というのは、いかなる時にも厳然たる不合理として付きまとうのだ」と書きました。そしたら間もなく、知人の健康なお嬢さんが生後七カ月で亡くなってしまいました。突然死です。娘たちの成長がおもしろくて楽しくてたまらない子煩悩な父親で、朝起きて娘の顔を覗き込んだら、息をしていなかったという。

高齢なら死んでもいいとは言いませんが、生まれてから、わずか七カ月です。私はその時に、この世はなんと残酷なところだろう、つくづく人生は何事も信じられない、と改めて思いました。

ほんとうに、人間は運命にあざ笑われています。私たちの予測や思いは、「そういうものでもないんだよ」と簡単に裏切られる。末期がんでもうダメかと思っていた人が、そのうち快復して何年も元気に暮らしていたり、健康そのものだった人がころりと死んでしまったりする。私たちの未来はすべてにおいて、一瞬先の保証もありません。

しかし、その中でたった一つ、確かなことがあります。それは、だれもがいつかは必ず死ぬ、ということです。感動的なくらい不思議なことですが、何一つ確実でないこの世で、死ぬということだけが確実なのです。

死にまつわる状況は停止ではなく経過

死にまつわる状況は停止ではなく、経過だということだ。静止ではなく、なおも続いている動的な変化だということである。

「万物は流転する」というのは、ヘラクレイトスの言葉だというが、人間もまたその流れの中にはめ込まれるのである。考えてみればこれは公平な運命だ。誰かが特別扱いをされるというのでもなく、誰かが運命を取り逃がすということもない。

私が畑の一隅に立って見慣れた自然の光景も、常に動き、流転するものだった。「三日見ぬまの桜かな」だけではない。芽も茎も葉も花も実も、時間の経過と共に確実に歩調を合わせて変化する。人間もまた同じである。

神は人間を束縛するのではなく、解放する

神がそれを望まれるなら、と思える時、人間は自然で自由になる。神は人間を捉えるが、その瞬間から人間は自由になる。神の束縛は人間の自由に通じるということは、すばらしいパラドックスである。私に言わせると、私たちはせいぜい利口になろうとして、やっと神の前で愚かな者になれる、という感じである。

失敗した人生というものがなくなるとき

おもしろいことに、信仰を持つようになると、失敗した人生というものがなく

なるのである。それは何をしても失敗はしないということではない。或る人間の生き方が、常に神の存在と結ばれて考えられていれば、かりにいささかの挫折はあっても、どのような人生にも意味を見出すことができる。その代わりありきたりのこの世の光は光でなくなり、この世の影にも、眩ゆいばかりの光がさしこむ。何がこの世の光栄かということに対する価値はひそかに逆転する。これはいかなる政治家、心理学者、劇作家にもなし得ない逆転劇であり、解放である。

病が人間をふくよかにすることがある

病気がない人生は、たぶん非常に少ないと思います。そうであれば、「機能と五感が正常であるのが人間だ」という発想を、変えたほうがいいんですね。つまり病気も込みで人間、いいことも悪いことも込みで人生だ、という心得をしておく必要があると私は思っています。

病気は、決定的な不幸ではありません。それは一つの状態です。病気になると、なかなかそうは思えませんが、決して悪い面ばかりではない。病苦が人間をふくよかなものにするケースはよくあります。

それは、その時まで自信に満ちていた人も、信じられないくらい謙虚になるからです。謙虚さというものは、その人が健康と順境を与えられている時は身につけることがなかなか難しいのです。

病気によって、新しい生き方を発見する人もいます。十代で階段から落ちて下半身不随になり、車椅子の生活になったから、車椅子の人たちのために働き始めたとか、結核で入院していた四年間に人生を見つめ直して神父になったとか、そういう例はいくらでもあります。

私自身も、健康で恐れるものが比較的少なかった時にも学びましたが、怪我で自信を失った何度目かの時に、もっと深く人生を味わったような気もしました。病気になった時、うまくいけば、とてもいい時間を持つことができるかもしれない。そうできるかどうかが、人間の一つの能力で才能なのかもしれません。

病の結果として、片耳が聞こえなくなったり、視力が衰えてきたり、元へ戻らない状況になる場合もあるでしょう。私の知り合いに、抗がん剤の後遺症で匂いを全く感じることができなくなった人もいます。しかし、それでも料理はうまくて、今も食いしん坊です。そういう、みごとな人もいます。

人生は最後の最後まで結論が出ない

同級生で成績も就職先の社会的評判も、出世競争でもトップを走っていたように思われる友人が、体を壊して五十歳前後で死んだり、再起不能の病気に罹《かか》ったりすることはよくある。あるいは、才色兼備のいい妻をもらったように見えた人が、その妻がまだ六十歳になる前から知的能力に衰えを見せ、長い老後をずっとその世話をして暮らさねばならなくなるようなケースも決して珍しくはないのである。

長く生きるよさというのは、こういうどんでん返しが現実にあることを確実にこの眼で見られたことだと言うべきかもしれない。

結論は簡単には出ない。評価も単純にはつかない。人間は、どれほども自分の眼の昏《くら》さを知って謙虚になるべきだ、ということがひしひしと感じられるのである。

しかし私が最近感じているのは、そうした結果論ではない。私が問題として眺めてみたいのは、人間はどのようにして自分の人生を決めようとしているのか、ということだ。現代は個人が選択の自由をとことん得ている時代だと見られているが、実は個人はその自由を評価してもいないし行使してもいないのではないか、と思うことがよくあるのだ。

ある子どもの日記

夫は子供の頃から怠け者で、どうしたらラクに暮らせるかばかり考えていたそうです。文章はうまかったので、夏休みの間中日記を書かずにいて、八月の終り頃になってから全部書いたようですよ。三十日分を一度に書くにはコツがあって、曇りや雨など天気だけは友だちに教えてもらい、あとは「おばさんが西瓜を持ってやってきた」「洗濯物を落としてお母さんにしかられた」などの出来事を、日付に飛び飛びに書いていく。そうすると文章に類似性がないから、絶対にばれないばかりか、結構いい出来になるらしくて、担任の先生は「三浦の日記が一番いい」と褒めてくれたそうです。

その時、反対に駄目な例として挙げられた子のことを、彼はよく言うんです。一番ダメな日記を書いた子に、先生が罰として自分の日記を読ませた。「八月一日、子守」「八月二日、子守」「八月三日、子守」……。

この子は、夏休みでもどこにも連れて行ってもらえない。遊園地や海水浴なんか無縁の農家の子で、毎日背中に妹をおぶわされて子守ばかりしている。だから、こうなったんでしょうね。でも、これは詩そのものです。

夫の話では、学校帰りに友達と柿を失敬してお百姓さんに怒鳴られて、大人が入ってこられない竹やぶに逃げこんだ時も、その子は背中に妹をくりつけていたそうです。やがて青年となって戦死したといいますが、夫はその人の生涯を今でも深くいたんでいますね。私もその話を聞いて涙が出ました。

あくせくしない

いいにせよ、悪いにせよ、インドでは時の流れはゆったりしている。空港の出発手続きもゆっくり、飛行機はしばしば遅れる。遅れたからといって、人生が中断するわけでもないのだ。

だから、私たちは空港の食堂に行って、どんなものを取っても四百円を出ない軽食を注文して時間をつぶす。まずチキンサンドイッチ、次にサモサと呼ばれる安い野菜のコロッケ（ただし皮は揚げギョウザ風）、さらにトリの唐揚げ風のもの、というぐあいだ。

しかしかわいい顔立ちの食堂の給仕係の若者は、どうしても二つの注文を覚えられない。サンドイッチを持って来ると、トリの揚げものは忘れている、という感じだ。ものごとは一つずつなのである。彼がしんけんに働いていることは顔つきを見ればわかる。

眼前に現れる旧約聖書の世界

修道院の付属の部屋に泊めてもらうことになり、私たちは日暮れ前から蚊取線香をつけ、懐中電灯を手元に用意した。自家発電は六時から九時まで。庭を横切って行くにも灯はない。

薄暗がりの中で庭のあちこちに蠢《うごめ》くものがあった。大型のごきぶりだ、と私はぞっとして光源を近づけて見た。それは何十、何百という小型の蛙だった。夕方になると虫を食べに出てくるのである。

突然私は旧約聖書の「出エジプト記」を思い出した。ユダヤの民を連れてエジプトを出ようとするモーゼが何度も騙すファラオを、神はその都度罰せられる。その中の二つがイナゴと蛙の大群を発生させることであった。アフリカ大陸には旧約の光景が現実にあることを、眼前に突きつけられたのである。

砂漠に運の悪い人を連れて行くと命がなくなる

隊員については、吉村さんが「僕に人選を任せてください」と言いました。私にはまったくあてがないんですから「どうぞよろしく」と言いました。でもどういう条件で隊員を選ぶのか聞きました。吉村さんは次の三点を挙げたんです。第一に、一年や二年ではない長い運転暦を持つこと。まあ私も年数の上ではそれまで二十七年間運転していましたから、資格はあるんでしょう。第二に、フランス語、英語、アラビア語のどれか一ヵ国語を少し話すこと。第三が現世で運のいい人であることでした。

この第三番目の点がおもしろかったので、私はまたその理由をしつこく聞いたんです。するとこういう答えが返ってきました。「日本の生活なら人間の運不運はたいしたことじゃないんです。でも砂漠に運の悪い人を連れて行くと、その悪い運でみんなが殺されますから。これを防がなくちゃならないんです」。私はこの言葉に納得しました。

満天の星がまぶしくて寝られなかった

サハラの真ん中で満月を迎えました。男どもはもう一本隠して買ってあった一番上等なぶどう酒を開けました。その夜のあでやかさだけは生涯忘れられません。満天の星というより空中星だらけでした。その星をかすめて数十分に一回ずつ人工衛星が飛ぶのが見えました。さらに流星の流れるのも見たんです。私は眠るのが惜しくて、その晩はほとんど起きていました。また現実的には眼をつぶっていても、まぶしくて寝られなかったんです。それほど強烈な月光でした。

人間が死に絶えた地上に「世界」はない

私たちが苦しむのは、何の理由だろう。もしも、私が、生まれた時以来、ずっと森の中で一人で生きてきたのなら、私は恐らく、裏切りや、憎しみという言葉を知らずに済んだであろう。その代わり、愛や、慕わしさ、という表現も知らなかったろう。飢え、寒さ、疲労、眠さ、恐怖など、動物と同じ程度の感情は分け持てても、人間しか持ち得ない情緒とは、無縁で暮らさねばならなかったと思う。

世界とは、まさに人間のことなのである。原爆で人間が死に絶えた地上には地表はあるが世界はない。そういう光景を「死の世界」などと言うが、そこには本当は死さえないのである。死とは生を持つ人間だけが認識する変化である。

時間は常に光であった

時間は、終生、私にとって偉大なものであった。時間は、私の中の荒々しい醜さの、常に漂白剤でもあり、研磨剤でもあり、稀釈剤でもあった。時間は光でもあった。まだ日の出前に字を読もうとすると暗くて見えないことがある。フェルメールの絵の人物が常に窓際にいるのは、電気のない時代の人たちは、現実問題としていつも窓辺でしか充分な光度の中で手紙も読めず、針仕事もできず、子供もあやせなかったからだ。光は時間とともに射すこともあり、同時にまた時間と共に消え失せる場合も多いのだが、その変化が人間に多くのものを語り、教えるのである。

一日として同じ夕日はない

朝日にせよ夕陽にせよ、同じ太陽なのだから見た目はいつだってさして変わるはずはないと私は思うのだが、太陽も月もそして富士山までが、見る時間と場所によって実に違う。さらにおそらく見る人の心理が関わってくると、それらのものが語りかける思いも、全く違ってくるのは、考えてみると不思議なことだ。場所にもよるのだろうが、私の湘南の住処からは、朝日は全く見えない。おそらく三浦半島の尾根が東側で起こるドラマを隠しているのである。

単に違って見えるなどという程度ではない。私は湘南で暮らすようになって以来、一日として同じ夕陽を見たことがない。ということは、落日を彩る微妙な雲の姿が当然毎日違うので、夕陽の投げかける残照の面持ちも、またその日限りの姿を見せるのである。

それだからこそ、毎日夕陽を眺めて飽きないのだ、とも言える。私の家に友人が遊びに来る時には、夕食に大したおかずを用意していなくても、落日の最後の十分、二十分を、居間のソファーからゆっくりと眺めてもらえることは最高のおもてなしだと私は計算している。

ある人はその光景を、「一期一会ですね」と言ったし、「大変なご馳走でした」と礼を言ってくれた人もいる。

どの夕陽も語っているのは、人生は常ならないもので、いつかは消えていくものだという偉大な事実である。

出典著作一覧（順不同）

・「安逸と危険の魅力」講談社文庫
・「至福の境地」講談社文庫
・「善人は、なぜまわりの人を不幸にするのか」祥伝社黄金文庫
・「誰にも死ぬ任務がある」徳間文庫
・「88歳の自由」興陽館
・「あとは野となれ」朝日新聞社　朝日文庫
・「ある神話の背景」文藝春秋
・「生きるための闘い」小学館
・「老いの才覚」KKベストセラーズ
・「紅梅白梅」光文社　講談社文庫
・「心に迫るパウロの言葉」聖母の騎士社
・「自分の価値」扶桑社
・「仮の宿」毎日新聞社　角川文庫
・「哀しさ　優しさ　香しさ」海竜社
・「必ず柔らかな明日は来る」徳間書店
・「辛うじて『私』である日々」サンケイ出版　集英社文庫

・「完本　戒老録」祥伝社
・「奇蹟」文春文庫
・「現代に生きる聖書」NHK出版
・「財界『曽野綾子の楽な地点』01／6／26」
・「死生論」産経新聞出版
・「幸せは弱さにある」イースト・プレス
・「死という最後の未来」石原慎太郎氏との共著／幻冬舎
・「自分流のすすめ」中央公論新社
・「失敗という人生はない」海竜社
・「想定外の老年」ワック
・「旅立ちの朝に」往復書簡／角川書店
・「たまゆら」講談社　新潮文庫
・「都会の幸福　Voice　88／1」
・「時の止まった赤ん坊」毎日新聞社　新潮文庫
・「人間関係」新潮新書
・「人間の基本」新潮新書
・「人間の義務」新潮新書
・「人は怖くて嘘をつく」扶桑社新書

・「夫婦のルール」三浦朱門氏との共著／講談社
・「夫婦のルール」三浦朱門氏との共著／講談社文庫
・「夫婦、この不思議な関係」ＰＨＰ研究所
・「不幸は人生の財産」小学館
・「部族虐殺」新潮社
・「ボクは猫よ」文春文庫
・「本物の「大人」になるヒント」海竜社
・「揺れる大地に立って」扶桑社
・「別れの日まで」往復書簡／講談社
・「私日記6　食べても食べても減らない菜っ葉」海竜社
・「私日記10　人生すべて道半ば」海竜社
・「私日記11　いいも悪いも、すべて自分のせい」海竜社
・「私の『死の準備』新潮45　87／1」
・「私を変えた聖書の言葉」講談社文庫

※一部、出典著作の文章と表記を変更してあります。

曽野綾子
その・あやこ

1931年東京都生まれ。作家。聖心女子大学卒。『遠来の客たち』（筑摩書房）で文壇デビューし、同作は芥川賞候補となる。1979年ローマ教皇庁よりヴァチカン有功十字勲章を受章、2003年に文化功労者。1995年から2005年まで日本財団会長を務めた。1972年にNGO活動「海外邦人宣教者活動援助後援会」を始め、2012年代表を退任。『老いの僥倖』（幻冬舎新書）、『夫の後始末』（講談社）、『人生の値打ち』『私の後始末』『孤独の特権』『長生きしたいわけではないけれど。』『新しい生活』『ひとりなら、それでいいじゃない。』（すべてポプラ社）などベストセラー多数。

編集協力　髙木真明
　　　　　小泉昭子

90歳、こんなに長生きするなんて。

2021年 9 月13日　第1刷発行

著　者　　曽野綾子
発行者　　千葉　均
編　集　　碇　耕一
発行所　　株式会社ポプラ社
〒102-8519　東京都千代田区麹町4-2-6
一般書ホームページ　www.webasta.jp
印刷・製本　中央精版印刷株式会社

N.D.C.914 ／ 238p ／ 18cm　ISBN978-4-591-17115-8